U0909868

爱你无言

SILENT LOVE

王英辉 著

中国财富出版社

图书在版编目（CIP）数据

爱你无言 / 王英辉著．—北京：中国财富出版社，2017.4

ISBN 978－7－5047－6448－5

Ⅰ．①爱…　Ⅱ．①王…　Ⅲ．①长篇小说—中国—当代

Ⅳ．①I247.5

中国版本图书馆 CIP 数据核字（2017）第 081688 号

策划编辑　张彩霞　　**责任编辑**　张彩霞

责任印制　方朋远　　**责任校对**　孙会香　张营营　　**责任发行**　张红燕

出版发行　中国财富出版社

社　　址　北京市丰台区南四环西路 188 号 5 区 20 楼　　**邮政编码**　100070

电　　话　010－52227588 转 2048/2028（发行部）　010－52227588 转 307（总编室）

010－68589540（读者服务部）　010－52227588 转 305（质检部）

网　　址　http://www.cfpress.com.cn

经　　销　新华书店

印　　刷　北京京都六环印刷厂

书　　号　ISBN 978－7－5047－6448－5/I·0261

开　　本　890mm×1270mm　1/16　　**版　　次**　2017 年 6 月第 1 版

印　　张　15.5　　**印　　次**　2017 年 6 月第 1 次印刷

字　　数　181 千字　　**定　　价**　35.00 元

1

柳依然是挺胖的。

怎么形容呢？比如她骑自行车在路上，如果你刚巧在她后面，你想看到自行车座很难，你只看到斜梁上杵着一个丰满如箕的大屁股，不知道的还以为这娘们儿会特技哩，其实自行车座是沉没在她胖如坨的屁股里啦。

她为这事非常苦恼，因为结婚前她可真的很苗条哩，宋春山能看上她，除了她那明眸善睐的媚眼，少不了那“条儿”的奉献，一步三摇，那是她的绝活！为这，上学的时候没少受骚情的男生在后面狂追，打口哨，呵呵，那可是她想起来都能笑出声的美好时光。

如今不行了！

不仅是自己的身材不行了，而且更大的感觉是自己掌控老公的能力也在下降。

按说，就是借给宋春山仨胆儿，他也不敢在她面前炸刺。可是，潜意识里，柳依然有点心虚或者自卑了。这里面还有一个不能说甚至不能想的原因：结婚三年了，柳依然肚子上的肉见长，而肚子里面却依然空空。空空的肚子让她心里也空，甚至很心虚。夫妻两个都检查过多次，每次都很正常，医生总是例行公事地说：“记录一下排卵期，注意一下同房的时间。”弄得她都有点不好意思，感觉自己作为这个项目的负责人很有点不称职的感觉。因为每次都是她主动给宋春山下命令：“春山，今天我想早点休息。”这句话的言外之意就是……呵呵，就是要安排那个事。而且，少了三次都不行，搞得宋春山有过几个月听到这句话都有点紧张害怕。柳依然也知道自己过于心急，对宋春山有点竭泽而渔的意思。可是，这不也是为了宋家有后嘛，再说只要有这安排的，第二天早晨她都会给他做卧三个荷包蛋的面条，依着她的意思，补也补回来了呀。

可是柳依然的肚子依然只长赘肉不长“内容”，因此，她心里总是感觉到两个字——急、虚。

这个“虚”的感觉还表现在与老公宋春山的对比上，“宋春山那小伙，嗯，帅！就一个字”，别人都这么说。按道理柳依然应该感到高兴，可是她高兴不起来，老公从结婚到现在不仅没有任何变化，而且似乎越发成熟且帅了，如果说结婚前还有点毛头小伙的意思，那现在简直是成熟帅哥的味道，有人甚至说，比那些个超男都帅。男人帅不怕，就怕帅且成熟。成熟男人的魅力在于那种说不出来的气质，像什么呢，像冬天里的烤地瓜的香气，不用你去嗅，只要这味道进入你的鼻孔里，哈喇子你想控制都控制不住，哗哗地往外流。男人的成熟就是这感觉。她也感觉到了宋春山的变化，其实倒不是宋春山的变化让她着急，主要是宋春山周围那帮女人和宋春山微妙关系的变化，尤其那个有点像李冰冰的女人，看宋春山的眼神都有点那个，这是偶然一次柳依然去宋春山的办公室里碰巧看到的，这还了得！女人对自己男人周围的女人非常敏感，如同非洲草原上的鬣狗，几里之外就能闻到猎物的气味。女人有过之而无不及，只不过闻到的是老公周围女人的骚情劲儿与那欲盖弥彰的眼神。唉，说起来，柳依然抑制不住醋意，心里头酸得有点愤恨。

宋春山周围的女人她管不了，可是她管得住宋春山。自从有了个这个醋意的感觉后，宋春山感觉到了压力。除了更加严格地执行每天下班后半小时准时到家报到的家规以外，柳依然还要亲自替宋春山脱下外衣，这倒不是宋春山的地位上升了，是柳依然恨不得长个狗鼻子把他的衣服嗅一遍，即使只发现个蛛丝马迹也不枉她在这方面所费的心机。

咱们的柳依然女士在防止宋春山“绿杏出墙”方面没少费心思，更没少用计谋。

我的地盘我做主！柳依然相信外因通过内因起作用，只要把宋春山做成“铁饼”一块，别人再骚情也没用。只有那些弱智的女人才会等出事了才出去找那些“情人”“小三”之类的大吵大叫。我们的柳依然论“才、情、色、艺”哪方面不是提得起放得下的。当然说起这话的时候，随着体重和体型的变化总是越来越有点心虚。这使得她很有些紧迫感，迫切地想一下子解决所有问题。但是想法是好的，效果却总是打折扣。好在这智慧是与时俱进的。算起来，先后采取的措施也有两三个了，可是哪个也没让她有彻底解决的感觉。

最先使用的是“疲劳策略”，只要柳依然身体允许，晚上基本不虚度春宵。柳依然想，在我这弹尽粮绝了，你宋春山别想有半点精力在外面拈花惹草。同时，这样做的理由也是杠杠的——为了增加受孕的机会啊。

刚开始，效果很让人欣慰。可是时间一长，柳依然就发现这个方法的弊端了，大有杀敌一千自损八百的意思。每天早晨的三个荷包蛋，老公看见就恶心，甚至跟柳依然抱怨：为了儿子也不能要了爹的命啊！

看着老公整天没精打采、脸色蜡黄地去上班，说实话，柳依然也很心疼。这可真是杀敌一千自损八百。老公在外面是没精气神骚情了，可是身体也是一天不如一天了啊。本来是造就子孙的事，时间长了说不定要断子绝孙了。这可不是可持续发展的策略啊！再说了，干这活儿，应该是个快乐的游戏，现在搞得成了身体和心理的负担，也有违初衷啊。“疲劳策略”宣告失败。不过，柳依然对老公的说法是：先养精蓄锐，以图东山再起，夺取最后的胜利。

宋春山这才免过一死。

一计不成又生一计。

柳依然的第二计是打着改善夫妻关系的旗号，对老公进行制度化管理。除了原来和宋春山在一个公司的时候，柳依然做过一段人力资源管理工作以外，自从老公成为公司的人力资源总监，柳依然就退居二线做专职太太了。自己上大学学的那点管理知识和技能在管理老公方面可算是找着用武之地了。

为了让老公宋春山容易记住，她编了个顺口溜。嗯，不得不承认，柳依然还是很有才的：

> 外出公差，电话要开；宾馆地址，固话打来；随时接受，老婆关怀。日常上班，按时去来；如有应酬，人员报来；事后核查，如有不实，家规等待。公司美女，少往少来；抛媚眼的，那才最坏，看似鲜花，乃是白菜，你若接近，等我掴腮。

呵呵，别看宋春山在公司里人模狗样的，在柳依然面前那可是像个哈巴狗。不是咱们柳依然厉害，是咱柳依然那一脸的凛然正气，让宋春山打谈恋爱的时候就养成了做个听话的“孩子”的好习惯。

制度化管理的效果如何关键看执行力，执行力如何关键看控制力。柳依然每天严格按照这个原则要求老公，搞得宋春山临时有事，要突破一下，事先还得向柳依然提交请示。跟老宋熟悉的同事但凡想跟他出去坐坐，都得说：“宋哥，今儿跟我们出去，跟嫂子上奏了吗？别回头家规伺候着啊！”搞得宋春山一阵心虚还得撑起脸面说：“呵呵，我老婆哪至于啊！”其实，他已经打了好几个电话，发了好几条短信，请示汇报多次了。

总而言之，在柳依然看来这个效果不错，但是别忘了“将在外，君命有所不受”，碰上个喝多的时候，突破的时候那是常有的，作为这么大公司的一个人力资源总监，出差应酬肯定少不了的啊。

这让柳依然很不放心。

柳依然的第三招就是时不时地搞个突击检查。

找个借口到宋春山办公室关怀照顾一下宋总监那是家常便饭的事了，去了之后还要忙不迭地帮宋总监整理一下办公桌。当然，醉翁之意不在酒。

一来二去，她对宋春山周围的美女同事是绝对门儿清。她去办公室一般都是在快下班的时候，就是有美女存心约着老宋出去浪漫，看到他娘子这三天两头的造访也早有心理障碍了。

放心，柳依然做这事从来搞得都是不显山不露水的，给人的感觉是那么的不经意，甚至让外人看起来这老婆关心老公那可真是到家了。

要是宋春山在市内有应酬，往往畅饮正酣的时候，服务员会敲门进来："请问，哪位是宋先生，有位女士自称是您的夫人要给您送衣服。"一起吃饭的要是朋友，那自然要说"赶紧让嫂子进来"。要是客人呢，更会礼貌地表示欢迎总监夫人驾到。柳依然也很会办事，来到包间扫一眼，什么也就明白了，还要温柔地提醒老公，"晚上天气凉，别忘了加衣服，回去别太晚哦"，随后对所有的来宾嫣然一笑，胖胖的圆脸上两个大号酒窝那是绝对迷人。"对不起大家，你们慢用！"伴着这一声吴侬软语，丰腴的身体飘然而去。饭局里的来宾都惊呆了！回过神来，惊呼一声："这老婆当的！"见到的都说宋春山这小子好福气，可找了个好老婆。可内心里没一个人不说"这老婆可真够胖的"，套用赵本山小品里那句名言：生活在一起的两口子这差距咋就这么大呢？

当然，只有宋春山心里明白，这送来的不仅仅是衣服，还有她对来宾的评估和对自己的监督。不过，一起吃饭的人可不知道这层含义，反而没人不夸宋总监的老婆的，宋春山老婆的好名声可是传出去了。当然，随着这好名声一起出去的还有他老婆这出名的胖。

时间长了，常跟宋春山一起出去的总办的赵科长感觉有点不对劲儿，这十次吃饭八次送衣服，也忒频繁点了吧。后来有一次又要出去吃饭，赵科长有意无意地提醒宋春山："宋总监，是否提前去家里拿件衣服啊，别老让嫂子给您送了。"说者无心，听者有意，搞得宋春山是一脸的尴尬。

也是，哪有每次吃饭老婆都来送衣服的啊。

柳依然也感觉到了，时间长了，这方法老用就有点无法自圆其说了。再说了，抽查的频率毕竟有限，也不能每时每刻监督着宋春山一举一动啊。

同时，这送衣策略也让宋春山坐下了个病根，每次吃饭，服务员进来一次他紧张一次，甚至总爱有意无意地往门外瞅瞅，这个动作让吃饭的人狐疑："宋总监，您有事？""没有，没有，呵呵。"这宋春山真是一脸的无奈啊。

次数多了，宋春山脾气再好，也有意见了，嘟嘟囔囔地说了好几次了："老婆，你的心意我领了，我们吃饭你老过去，不好。”

“怎么着，关心你还错了?!”柳依然杏眼圆瞪，一句话说得宋春山就不敢再言语了。

柳依然虽然表面上很强硬，但是心里也觉得这也不是个好方法。

以上三种对宋春山的考察监督的方法，毕竟没有超出传统策略范围，柳依然也觉得这里面的智慧含量太低了点。毕竟都是被动的办法。

预防老公“绿杏出墙”，柳依然依然是苦无良策！

今天周末了，处理完事情，还有半个小时才下班。

宋春山感到一阵轻松。

突然，他想起了兔子：自己的学弟，1998 年毕业，比自己晚一年，大学里净跟这小子玩了。虽然年龄小宋春山一岁，可是特聪明，也特会玩。毕业的时候恰巧也到了宋春山所在的石门市工作，平时没事老“骚扰”宋春山。最近这是怎么了？俩星期了，一点动静都没有。莫非又拍拖了个美女，见色忘友了？

宋春山拿起电话刚拨了几个数，又把听筒放下了。

“回头这小子非要跟我去吃‘烤串’，不好处理啊！去吧，今儿周末，又快下班了，跟柳依然请假的话那得费老口舌了；不去吧，这小子又笑话我，又要叫我‘柳宋氏’了。”想到这，他还是忍了忍不打这个电话。

兔子，本名图子云，上学的时候，同学们都叫他“兔子云”，后来一简化干脆都叫他兔子了。他老爸老妈也是，起个什么名字不好，非得叫子云。叫子云吧也没事，干吗非得姓图啊，搞得熟人都拿他这外号开玩笑。有一次，有宋春山，还有包括兔子在内的几个哥们儿，大家喝了点酒就玩笑起来了：“兔子，我敢保证，没人敢跟你结婚，谁敢跟你生一窝兔崽子啊！”周围的人大笑，兔子抡圆了胳膊假装要跟开玩笑的哥们儿拼命。

也不知怎么搞的，这一语成真了，兔子拍拖了好几个女朋友了，没一个成了的。宋春山免不了跟他开个玩笑：“你这老成不了，耽误几窝兔崽子啊！”兔子也老拿他开玩笑，说他怕老婆，应该改名叫“柳宋氏”。虽然说都是好哥们儿，大家开玩笑也很随便了，但对于宋春山来讲，真是哪壶不开提哪壶，说在兔子嘴上，痛在宋春山的心窝子上。

宋春山坐了下来，利用这个空当静下来仔细想了想。

他真的怕柳依然吗？其实不是那么回事儿。

想起来，他们认识有八年了。

他比柳依然早来公司三年，还是他招聘柳依然进的公司呢。那会儿他还是招聘培训科的主管，招聘会上这个大眼睛女孩的直率、泼辣、口才，当然还有那一笑显现出来的两个小酒窝都让宋春山欣赏不已。

当然不光是他，当时还是人力资源部总监现为管理部部长的杨伟顺也对她赞赏有加。

所以，柳依然来公司没有多大阻力，但是这可不是宋春山对柳依然有什么想法才使她这么痛快进来的，人家凭的是由内到外的实力。

柳依然学的人力资源管理，来到公司就分到了宋春山所管的部门。

柳依然其实是一个很有头脑又很有魄力的女孩，她泼辣、果断，特别是处事的谨慎和稳重是其他女孩所无法比的。这让宋春山尤其喜欢。可是宋春山是一个内敛的人，感情不外露，而且说实话，办公室爱情——很让人忌讳的，也违反公司纪律。尤其是自己还想往上走一走，绝对不可有这个非分之想！

可是，青山无意，流水有情。

宋春山还没怎么着呢，柳依然却有事没事总要跟宋春山探讨个问题，甚至主动要求陪宋春山一起加班，帮助他写一些报告什么的。时间长了，虽然是领导与下级的关系，免不了，宋春山要请人家吃顿饭什么的。

这一顿饭一顿饭的，吃几次也就吃出感情来了。搞得宋春山不需要加班的时候也想加一会，希望柳依然陪着自己。

他那个时候已经心猿意马了，这不言而喻的喜欢即使再隐藏有时候也难免流露出来点蛛丝马迹。

柳依然是什么人啊，明察秋毫啊，呵呵！略施小计，宋春山在柳依然来公司的第二年的春天的一个夜晚就乖乖就范了。

这其中的奥秘，真是说也说不清楚。

这时手机响了，宋春山才回过神来。

说曹操曹操到，兔子来的电话。

“哥，周末陪嫂子吗？今晚借我用用吧。”

“你借谁呀你，你敢借你嫂子我打断你兔腿子，你借我那就出个价吧!”

5

“哥，不是让你陪我玩儿，我刚被一妞儿给甩了，痛苦万分，望哥救苦救难，十万火急!”“哥，救命，你可跟嫂子说严重点，你不来要出人命的!”

他知道这小子又是在骗他，无非是想让他有理由出去跟他玩。柳依然虽然看似很强势，其实心挺软的，尤其见不得声泪俱下。以这种理由跟柳依然请假已经不下三次了。每次柳依然都没有怀疑，还让宋春山好好照顾一下“命苦”的兔子。谁想到，这苦命的兔子三番两次让宋春山利用柳依然的同情心。这次再用这招还能不能成啊？宋春山心里没底。古语说得好啊，事不过三，再说老利用人家柳依然的同情心行己游玩之便，心里怎么说也有点过不去啊。硬着头皮再请一次假吧，他的确也有点想兔子了。在这个城市里，除了老婆以外唯一能说说真心话的也就兔子了。不过，人也真的挺奇怪，老婆对自己再好，有时候并不是什么事都想跟老婆说，反而有时更愿意跟铁哥们儿唠唠。

想到这，他说：“你等着，我跟你嫂子说一下。”宋春山知道他该用苦肉计了，这套技术他现在演练得已经非常成熟了，唉，被逼的啊。

他放下电话就给柳依然拨打电话，声泪俱下地把兔子失恋的痛苦放大了十来倍，搞得好像这不去一趟，没准就再也见不到了。柳依然没有怀疑，一路绿灯。

唉，女人啊，吃亏就吃在了心软上面。

当然，柳依然并没吃亏，宋春山对柳依然绝对忠诚。但是宋春山也苦恼啊，他仿佛由婚前一只很潇洒的流浪狗变成现在柳依然爱不释手的宠物狗了。做宠物感觉痛苦？嗯！什么叫围城？这就叫围城。告诉你吧，从一条流浪狗变成宠物狗，没点耐力，不是谁都能享受得了的。不信你试试。

柳依然在家里百无聊赖地走来走去。

接到宋春山要去救苦救难的电话后，她就有点失落。

宋春山的外出，让她觉得不知道怎么安排这个周末，饭是不用做了，也不用考虑饭后跟宋春山散步了。

结婚两年来，她就做专职太太了，如今她感觉她的生活就是为着宋春山活着。宋春山是生活的中心，她围绕着这个中心安排着自己的生活。本是为了生孩子才决定不工作的，如今孩子没生出来，反倒越活越没有自我了，这让她非常沮丧。如今年龄一天天增长，青春的气息也被时光带走了，看着自己胖胖的身体让她的心更是涌起一种无奈，甚至感到做女人的悲哀。

想自己三年前，刚结婚不久时，宋春山就被提拔为 TIMES 集团人力资源部经理，别人都说他们是双喜临门，当时她也感到非常庆幸和幸福。一年以后，他们公司团购了一批住房，他们结束了租房的生活，用他们俩人的储蓄再加上双方父母的资助，没有贷款就买了一套两室两厅的房子。宋春山的车子是公司配的，暂时也算有车有房一族了。与同龄人比，她曾经感觉到挺自豪的。

但是这种自豪的感觉没有持续多久，她很快发现自己与宋春山的距离在拉大。倒不是说他们夫妻关系不好，是她自己感觉与宋春山的那种默契越来越少了。

当然，宋春山依然像以前那样宠着他，一切都听她的。

虽然她一如既往地关心爱护着自己的老公，关心着他的生活。可是，她却明显感觉到宋春山不再像以前那么感激了，反而觉得是理所应当的；甚至有时候对自己的关心有一种不耐烦的感觉。

宋春山的事业如日中天，才三十五岁就已经是集团的人力资源部经理了，她能从她的好友的目光中感觉出这种羡慕甚至嫉妒。

除了那久等不来的孩子外，似乎一切顺利。

可是她总是有一种潜在的害怕，似乎开始害怕有一天会失去宋春山。从政治经济学上讲，经济基础决定上层建筑。她模模糊糊地感觉，宋春山似乎潜意识里对自己在家里的贡献很有一种沾沾自喜的感觉。这让她感觉很不好，但是也没有办法说出来。男人不就该养家糊口吗？那是你做老公的天然职责，上天给你一个老婆就是让你宠的，不是让她受苦的。让老婆生活幸福那绝不是做老公的功劳，是他分内的，为家庭积累财富不是男人的骄傲，是男人的任务。你挣的钱再多，你再有社会地位，老婆不高兴就是你做老公的失败。但是这是柳依然的家庭价值观，似乎社会上更多的成功男性并不认同她这种观点。

但是她一直在给宋春山灌输这种思想，她想通过做思想工作来提醒宋春山不要被成功冲昏了头脑。但是她还是隐隐约约地感觉到了宋春山的那种优越感，伴随的是他在事业上的进步越来越显著。这让她很郁闷。

下意识里，她也更加严厉地“关心”宋春山了，绝不能让他在自己面前翘尾巴。这种关心反而让宋春山有一种想要突破这种关心的逆向冲动。这让柳依然从内心里感到害怕，她不知道怎么处理这种关心的度，虽然她依然那么盛气凌人。

表面上他们的关系依然如昨，她的强势地位依然没变。但是她潜意识里似乎感觉在平静的表象下有一股暗流，至于这种不平静的暗流会在什么时候涌出地面而暴发，她不知道。

时钟指向了七点，她打开电视，大部分频道是《新闻联播》节目。一脸严肃的主持人字正腔圆的播报让她感觉到一点人情味也没有。

此刻她的心情低落到了极点。她感觉到她在慢慢地走向一条看似光明实则危险的家庭主妇之路。这让她很烦，她坐下来一个频道一个频道地往下按，没有什么目的，她也不知道要看什么节目。总之，心情很不爽。

“丁零零……”一阵电话响，她拿起听筒，是晓燕的声音。“姐，在家呢？我猜你就在家，大哥跟兔子吃饭逍遥去了，我觉得你肯定郁闷，所以打个电话给你。走，姐，咱们看电影去，大片——《功夫熊猫》，听说可逗了。”

她怎么知道宋春山跟兔子吃饭去了？柳依然心中顿生疑问。

7

柳依然的疑惑不是没有道理。晓燕是兔子的前任女友，明眸善睐，就是不爱学习，不过聪明至极，情商极高。初中毕业后读了个文秘学校，兔子毕业以后的第二年也来到了石门市，在一家外贸公司做文秘，说起来还是她和兔子好的时候，是凭宋春山的关系才进去的，不过进去了可就如鱼得水了，据说已经是总办的主任了。

有时候看似奇怪的事情，却不可思议地存在着，也许这正是存在的就是合理的道理吧。

晓燕虽然跟兔子处了没半年就吹了，虽然没做成男女朋友，但是俩人却成了无话不说的好朋友。你说怪不怪。这个大千世界啊，还真有说不清楚的人情事理。

今天晓燕的电话，让柳依然顿生疑惑。这兔子悲痛万分地要春山哥安慰，难不成还要把失恋的信息通报给晓燕？这里头肯定有问题啊。

正赶上自己百无聊赖，正好跟晓燕聊聊，看看兔子这小子搞什么鬼呢。

“中华大街保龙仓超市门口，半小时后见。”

约好了时间，柳依然稍事打扮后，出门打车直奔保龙仓。

此时的二环路上车不算多，但柳依然的心里却十分着急。司机师傅凭职业性的感觉：默不做声的顾客一般是有大事的，脚下的油门也加大了，才二十五分钟就到了。

“姐，你够靓的啊！”正当柳依然四处打望的时候，没想到晓燕像只兔子一样从旁边蹿出来。

“送你一唇膏，香奈儿的，炫亮魅力款的，客户送我的。我就想到了姐。姐，我对你挺好的吧！”还没等柳依然说话，晓燕就把一只包装精美的唇膏拿出来塞到了她的包里。

“我不喜欢炫亮型的，太艳了吧？”

“别老土了吧，姐，知道现在最流行的是什么吗？”

“什么？”

“自信装！姐，我跟你说吧，无论是什么样的色彩、什么样的化妆方式，都没有一定的规则，最重要的是如何借助口红而感到愉悦、更有自信！你要是觉得心情不好就一定要用亮妆，这炫亮的色彩很快就会让自己心情好起来了。你要是太高兴了，经常喜形于色，你就要用暗妆，让人感觉你更有深度，这叫平衡。不只是色彩的平衡，更是感觉的平衡！姐，你说我是不是挺有才的？”

还别说，晓燕的一番话说得还真的头头是道，现在柳依然就是稍微有点不自信。嗯，应该让自己的心情也亮起来。

突然，她想起了那件重要的事，晓燕这一番忽悠差点让她忘了大事。

“晓燕，我问你，你怎么知道兔子和你大哥吃饭去了？”

“姐，咱们是看七点半的那场，还是九点半的那场？反正今天也是周末，他们逍遥咱们也逍遥。咱们先去逛商场吧。哎，上次我看上了条裙子，还说让你帮我看看呢，走，去西美，逛上一个半小时，然后到先天下金棕榈影城，离西美还近。嗯，就这么定了！”

晓燕没有回答柳依然的问题，兴冲冲地拉着她就要去西美商场，那可是石门市的高档商场。这家伙——整个一现代派的日光族。

不由分说，晓燕拉起柳依然就钻进了出租车。

“晓燕，你怎么知道兔子跟你大哥吃饭去了？”

“姐，你烦不烦啊，你就只能跟大哥过周末吗？我陪你不行啊？兔子本来也约我跟他们一起吃饭的，我不想去，我想姐了。”

“兔子不是……不是正失恋吗，特痛苦？……”

“哈哈哈哈……”

晓燕笑得花枝乱颤：“姐，你逗死我了，兔子还失恋？还痛苦？你是不是喜欢做在世的菩萨啊，恨不得见人就想救人于水火啊，你累不累啊？”

“我郑重告诉老姐您：兔子现任女朋友是空气，目前是孑然一身的独行侠呢！是大哥跟你说的吧？他们那是为了周末出去玩，你这个笨笨！”

柳依然听完，恍若大悟，顿时，恨从心头起！

“宋春山，你，敢忽悠姑奶奶，今晚你等着！”柳依然咬牙切齿的。

晓燕看到柳依然这样生气，吃惊不小。“姐，不至于啊，大哥再好你也不能把它拴裤腰上啊。”

“下车，下车！我不陪你去了！”

“姐，姐，得，算我说错了，回头我一起跟您老找宋哥兴师问罪，如何?”

柳依然看着晓燕一脸的媚容，不禁莞尔而笑。

“是啊，干吗跟晓燕较劲啊，宋春山敢跟我这样，我得想个办法好好收拾他!”

西美也逛了，《功夫熊猫》也看了。但是柳依然总是感觉自己像两个人一样：一个人跟着晓燕逛商场，看电影；一个人琢磨着怎么对付宋春山。功夫熊猫胖嘟嘟的幽默动作惹得电影院里的观众哈哈大笑，她却一点感觉都没有。好像自己像孙悟空一样有脱身之术，真身已经在肉身之外了。

唉，女人啊，喜欢一个男人到热爱的地步的时候，那就是从幸福走向不幸的开始了。柳依然的外强中干其实正是这个结论的真实写照。

她已经不知道怎么保证宋春山永远留在自己身边了。她冥冥中感觉宋春山是只猴山上正在长大的公猴子，虽然现在自己像个猴王一样可以对他颐指气使，可说不定哪天他就会造反，剥夺自己的猴王地位。这可是瞬间的事。今天这瞒着自己出去跟朋友耍就是个先兆啊!

她觉得做女人挺可悲的!

女人的爱一旦付出，就像夏天的爬山虎——就想覆盖住自己男人的全部。而男人一旦获得了爱，反倒像马戏团给观众表演的海豚，得到了驯兽师的小鱼后，再往后就有点敷衍了事了。

柳依然不想在电话中跟宋春山较劲，她一定得想个万全之策，即使她就算是个过气的猴王也得搏一搏才能认输呢，怎么能人家刚一叫板，自己就拱手让位呢。

《功夫熊猫》的内容她没什么兴趣欣赏，倒是龟仙人临终的几句话对柳依然挺有启发的。当时熊猫在桃树下，说要放弃，回家做面条，龟仙人说："放弃，别放弃，面条，别做面条。你太在乎过去和将来了，俗语说，过去的已过去，未来未可知，现在是上苍的礼赠，我们可以把握的，是当下。"

嗯，她一定要把握当下，就像影片最后所揭示的那样，哪里有什么秘籍啊？所谓的秘籍就是无。她突然灵机一动，对付宋春山就是要以无招胜有招。自己以前总是第一个发起冲锋，结果反倒是自己被动，大部分的时候不都是不了了之了嘛。今天，她要让宋春山知道她已经知道他撒谎的事，看看他是什么反应。《孙子兵法》上讲不战而屈人之兵，善之善者也，霍元甲的迷踪拳不也是见招拆招吗？想到这里，她反而轻松了。不过，她得先要给宋春山传个信号告诉他：老娘我已经明察秋毫了。

"晓燕，给你大哥打个电话，别说别的，就说自己不小心告诉我他跟兔子去玩了，说我的脸色不大好。别说别的。"

柳依然想到就做到。她给晓燕下了命令。

晓燕杏眼圆睁，作惊奇状："姐，你今天不会真的老虎发威吧？大哥可是个大善人啊！"

"别废话啊，按我的要求打电话！"柳依然一副正义凛然的样子，颇为好笑。

“姐，你不会把我发展成《潜伏》里的余则成吧，给你做卧底?”

“你怎么废话这么多啊，到底打不打啊?”

晓燕的电话打过去之后，她一直仔细听到宋春山那边说完，顿了三五秒钟。呵呵，妙计开始奏效!

剩下的就是要让自己像个太后老佛爷的样子，把架子摆起来。“小燕子”你就等着回来挨板子吧！呵呵，她差点笑出声来。转念一想，不对，那《还珠格格》里的老佛爷可不是个正面人物哦。管不了那么多了。

想到这里，她不禁为自己的机灵自豪了一番，心情也好多了。

她回到家里快十点了，刚掏出钥匙要开门，门却轻轻地打开了……

9

宋春山满脸堆着笑献媚似的说：“出去了哈，累吧，把包给我，赶紧休息会儿。依然，明天咱们去逛商场吧，好久没去了吧!”但柳依然理都不理他，扭着胖胖的屁股就回到卧室卸妆，抬头看看镜子里的自己，还是很有风韵的嘛，晓燕强给自己擦上的口红还真是挺提精神的。突然她从镜子里看到宋春山也进来了。她立刻本能地整理了一下表情，满脸懊恼、噼里啪啦地开始卸妆，她故意把梳妆盒弄出声响，擦脸的湿纸巾也随地一扔。站在旁边的宋春山忙不迭地去拾柳依然扔下的纸巾，一边自言自语地说：“看看，看看，扔得到处都是。宝贝儿，可怜可怜我吧，明天还得我值日啊！”柳依然满脸的高傲，眼睛都没瞟他一眼。

驴子不尥蹶子，老虎也不知道驴子的道行。柳依然的默不做声让宋春山着实摸不着头脑。这到底是孕育着狂风暴雨呢还是火山爆发呢？搞得宋春山无法预知未来的情势，只好处处赔着小心。说实话，女人哇哩哇啦地大闹一番，反倒容易对付，男人无非是默不作声或者违心地赔个不是，几乎没有哪个女的最后不是不了了之的。反倒是这默不做声，着实让人害怕，不知道葫芦里卖的啥药啊。

柳依然依然我行我素地干着自己的事，卸了妆，去洗脸，洗了脸做了个面膜，敷上白色面膜又拿起杯子要泡茶。宋春山知道柳依然爱喝红茶，忙不迭地赶紧打开盛红茶的盒子，还没等她取茶呢，柳依然却自己打开了绿茶盒子。宋春山放下红茶盒子赶紧端起杯子到饮水机处接了开水，小心翼翼地放到柳依然坐着的沙发旁的茶几上。柳依然都没正眼看他，一副目中无人的冷酷嘴脸。白白的面膜更是把本来就冷酷的表情发挥得淋漓尽致。

宋春山垂手看着柳依然，感觉她像个女鬼似的，弄得他心里更紧张了。本来自己打算糊弄过去的，没想到这讨厌的晓燕偏偏今天找柳依然出去看电影。多嘴的晓燕，你等着。宋春山一边看着柳依然一边反思着今天的行为。他开始有点不知所措。以前每次回来，柳依然要么发脾气，要么怒目圆睁地责问自己。今天柳依然的一言不发着实令他无所适从。

他慢慢地坐在旁边的椅子上，他突然觉得内心很堵得慌。刚结婚的时候不是这样的啊，他想起柳依然刚嫁给自己的时候，每天出门都要亲吻一下，每次下班进门都要拥抱。谈到公司里的张三王五的笑话也曾经开怀大笑。柳依然本来不会厨艺，为了能让自己吃上喜欢吃的饭，她每天都研究菜谱，虽然饭菜做得不那么地道，他也觉得香甜如饴。那样的日子是什么时候离自己而去的呢？他仔细回味着，却依然无法找出头绪。反倒是这一两年，柳依然像变了个人似的处处管制自己，好像不把自己变成她的奴隶就不善罢甘休似的。他感觉到累了，在外面应酬一天，回家还要应酬自己的老婆，这不是他想要的生活。他不知道世界上的女人是不是都这样善变呢？

突然，他想起了办公室里刚来的秘书小杨——杨云，那真是一个善解人意的女孩儿，每次开会，她都能把他想要的资料准备好。要是柳依然能像小杨那样……想到这，他突然意识到自己这想法很可怕，赶紧把思绪打住。柳依然还在那里一动不动地坐着，面膜后面的表情他无法看清楚，但是分明地透着一种冷酷和高傲。

他感觉婚姻也挺没劲的。真的是围城，想想钱钟书《围城》里的方鸿渐和孙柔嘉，他感觉很可悲，难道自己也要走到那个结局？他内心感到一阵悲哀，潜意识里甚至认为自己似乎并不适合结婚，不适合找柳依然结婚。

柳依然依然端坐着，果真如太后老佛爷的样子。宋春山悻悻地走过去，“依然，我也不是故意的，我是怕……”还没说完，柳依然气哼哼地说：“对不起，我不想听诡辩！”言语高傲而毫无表情。宋春山一阵阵心凉，“好了，好了，睡觉吧，看看快 12 点了。”

“请你离我远点，我没妨碍你睡觉！”依然是冷冰冰的。

宋春山僵在那，不知道是拉她的手合适，还是去拥抱她一下表达一下亲昵合适，就如同动物世界里，表示臣服的狮子总是在胜利者面前倒地打个滚以示服从一样。他鼓了鼓勇气，张开双臂要抱一下依然，柳依然的反应速度着实地快，左右忽地一下推开了他。“你不觉得无聊吗？”

他感觉自己的自尊受到了伤害，如果说以前柳依然给自己立下那么多规矩他还能认为那是一种爱的表示的话，那么今天的这个动作让他感觉到只有冷冰冰的残忍。

他毫不回头地进了卧室，没有脱衣服，蒙上被子昏昏然想逃离这个世界。

不知道过了多久，等他突然醒来的时候，他下意识地用手摸了一下旁边，空空的。

睁开眼睛，等适应了光线，他看到对面墙上的石英钟的时针已经指向了二到三之间。他抬头向外一望，看到柳依然依然坐在那里，已经没有面膜，默不做声，但却是泪流满面……

10

当柳依然看到宋春山转身回屋的那一刹那，她特别失望，哪怕你再稍微哄哄我，或者再说几句道歉的话，我也就没事了。爱了你这么多年，竟然不知道我的心思。这简直让她失望之极。当她听到宋春山躺在床上发出微微的鼾声时，她简直绝望了。泪水止不住地往下流，贴在脸上的面膜似乎被泪水浸泡得没有一丝的黏力，似乎也要掉下来。她把面膜扯下来，伤心失望到了极点，她感到自己的双手冰凉，她的心也冰凉。她真的没想到宋春山会这样对自己。传来的一阵阵微微鼾声似乎在向柳依然示威，好像在告诉她，她还没有他的一个梦重要。自己为了什么啊？自己将一片心交给了宋春山，为了他的前途毅然地离开了公司，甚至为了让宋春山竞聘到人力资源部长的位置，她协助他做了无数个竞聘方案。她觉得那是应该的，她觉得爱宋春山就应该不计代价。可是呢，他越来越不把自己放到心上，甚至认为所有为他所做的都是应该的，对他的所有的关心不仅没有令他感激似乎更加令他厌烦。她不知道这是为什么，难道自己将成为宋春山的一个可有可无的附属品吗？她想到了她结婚的时候妈妈跟她说的话："男人像风筝，手里的线要拽着，但是不要太紧，太紧了会断的。但是也要时不时地拉一下，这样会感觉到你的存在。这根线就是你，有了你他要飞多高就飞多高，要飞多远就飞多远。但是一旦没你这根线了，他飞得再高再远那只是暂时的事，最终会掉到地上来的。所以啊，做女人，不仅要支持丈夫飞得更高更远，而且要时不时地拽拽这根线。告诉他，这根线绝不是来限制他的，是爱他才这样的，否则他就不知道天高地厚了。"

柳依然对妈妈的唠唠叨叨不以为然，什么风筝，什么线的，哪有那么复杂啊。可是生活是复杂的，不经历风雨不知道风雨的厉害。她现在体会到妈妈一席话的含义了。

现在宋春山只认为自己对他的关爱是限制他，没有看到他能飞得更高更远也是这根线的作用。

她感到伤心——做女人的伤心，泪水不由自主地流下来。从结婚以来，她从来没有这样伤心过，她压抑着不哭出声，她想让那苦涩的味道在心里回荡，冲击几次在缓缓释放，她需要重新审视自己和宋春山的关系，她不想成为他的附属品，至少不能让他觉得自己是附属品，那将是很可悲的。今天他可以转身在床上酣酣睡去，明天他就可以跟别人花天酒地，因为当你在他心里变得无足轻重的时候，结果都是一样的。

宋春山看着泪流满面的柳依然心里感到一阵懊悔和自责，结婚以来他还没见过她这么哭过。我怎么就睡着了呢？他真的感到非常自责。他飞速从床上跑了下来，用双手满怀关爱地擦拭着柳依然流下的眼泪，但是她感到更伤心了，泪水反而止不住。“依然，对不起，我今天不知道怎么了就睡着了。我错了，上床去睡吧，今后我再也不这样了，我保证!”

宋春山说的话是真心的，但是柳依然听起来却是轻描淡写。

没有雨的日子，阳光一样的灿烂。

宋春山略带敷衍的认错和哄让柳依然感到自己已经没了自尊。她没有理他。上班的时间快到了，宋春山洗漱完毕，轻抚了一下柳依然，表示一下爱意：“好了，宝贝儿，都给你道了八百遍歉了，是个铁石心肠之人也心软了，别生气了。我得上班了，晚上我给你买好吃的哦。”他尴尬地做了个不符合气氛的鬼脸，走了。

他走了，屋里出奇地安静，今天是个好天气，晨曦透过窗帘洒下迷迷蒙蒙的光，恍如隔世。这种感觉在柳依然的心里恣意地泛滥，她不想起床，她觉得应该让自己平静下来，思考一下自己的人生和未来。

柳依然突然有一种想出走的感觉，不是因为宋春山这次的冷漠无情，更不是赌气。她觉得她应该有自我。君子谋道不谋食，君子忧道不忧贫。自己现在这种外强中干的心理、无所依赖后的担忧、一心爱人的执着所受到的伤害无不是自己没有自己的追求、丧失自我的表现。她不是甘于沉沦、依赖男人为食的乡村农妇。她对舒婷的《致橡树》里的这样一句话印象深刻：“我必须是你近旁的一株木棉，做为树的形象和你站在一起。”是啊，自己早已经从一棵漂亮的木棉退化成一个缠人的藤了，旁边的木棉能不烦吗？物以类聚，人以群分。狮子爱上山羊，不是山羊太过勇猛，就是狮子太过温柔，总之有一方让对方觉得跟自己一样才行，否则就是仰慕和鄙视了。柳依然外强中干的强悍得不到宋春山的仰慕，那只好得到鄙视。当然，这种鄙视不是突然产生的，是累积的，男人鄙视自己的女人，不会表现得那么明显，甚至还要装出一种怜香惜玉的样子，大概一般的表现要经历这么一个程序：首先，自己办事的能力被社会认可，这种认可可以是升职，可以是获奖，可以是人际关系，总之能向老婆炫耀和表现一番。深爱老公的傻老婆往往从内心里为自己有这么一个夫婿感到满足和自豪，岂不知他的很多职场或者人际关系上的决策好多还是自己帮他做的呢，甚至还是在老公游移不定的时候自己帮他下的决心呢。可是，此时男人把功劳归了自己，女人也忘记了自己这份贡献。像化学反应一样，老公轻飘飘地上浮，女人忽悠悠地下沉，冥冥中长了男人的志气，灭了女人的威风。

第二个阶段，老婆觉得自己的老公如此优秀，对其疼爱有加，生怕自己钓到的这个金龟婿被那些比自己年轻漂亮的小妖精抢夺了。抓住每个机会表现出对自己男人的关爱，岂不知这正给男人自以为是的机会。你爱得再真挚，男人也会认为是他的魅力和能力使然，悠然自得地享受还要抱怨老婆管得太多。贤良的女人啊，你亏不亏啊?!

到了第三阶段，也就是柳依然现在的这个阶段了，对老婆的关爱挑来拣去的，又想获得自由，又想让老婆依然如旧，天下的好事全让男人占了。女人稍微有些抱怨，就敷衍几句，甚至像昨天的宋春山找个借口说个谎话自顾自地逍遥去了。到了说假话的这个阶段，你在男人心里的位置也就是一个食之无味弃之可惜的鸡肋了。“鸡肋”如果还隔三差五地给老公找点麻烦，那就更让男人当成“麻烦制造者”。为了减少麻烦，不说谎才怪！当你发现男人说谎的水平越来越高，越不害羞，越把说谎当真事儿一样的时候，那女人就快到可悲又可怜的地步了。此时，女人或者皈依了佛祖，看破红尘般的自己“阿 Q”自己，或者干脆就睁眼瞎了。把他的谎话当真话听就是了。不过，这个时候的女人智商和情商都退化到了把自己卖了还抢着给别人数钱的地步。

唉，柳依然想到这，心里一阵悲哀。这三个阶段似乎自己看得很清楚了，可是为什么却总也逃不出这个怪圈呢？我也是曾经让人佩服的职业女性啊。

她想明白了，女人没有自己的事业，只能称之为妇人而无法称之为女人。

她是不会做一个妇人的。

思来想去，总是没有个头绪。人在心情不好的时候好像智力也下降了，柳依然静静地躺了将近两个小时了，思绪如花，花开花落，有时候似乎明朗，但转念又感觉非常暗淡。她的感觉像一团乱麻，不管怎么梳理也理不出个头绪来。她决定出去走走，漫无目的的。

她胡乱穿了件衣服，很敷衍地洗了把脸，连抹点化妆品的心情都没有了。门口有个穿衣镜，她突然看到一个非常憔悴琐屑的人，没错，那人就是柳依然，她感到有些惊异。高高的臀部和臃肿的身体似乎昭示了自己过惯了慵懒日子的成果。那曾经的瓜子脸已经消失得无影无踪，更不要说那曾经让好多男人流涎的身材，已在不知不觉中演变成这个妇人的样子。看到镜子里的自己，她那颗曾经高傲的心突然自卑起来。感觉以前曾经坚固的大厦突然间倾颓成瓦砾。一切自己的人生成果都被自己的形象所否定。她恨自己，继而恨宋春山。宋春山曾经是她自以为傲的杰作，认为他就是她自己的。今天，她站在这里已经不敢再这样想了。所有身外之物都不是自己的，包括自己认为天生属于自己的男人。

女人要男人成为自己的附属物是需要造化的。那造化里包括色、技、才、情、谋。纵观历史，擒得住男人的女人无不是这几种技艺的组合。她感到在这个问题上她太疏忽了，太大意了，甚至犯了一个普通女人都会犯的错误。自己辛辛苦苦为别的女人培养了一个成功的男人。可不是吗？宋春山那得意之色已经预示着这个男人已经膨胀的内心要开出花来了，招蜂引蝶的日子已经不远了。

她恨恨地对镜子里的自己说了声“混蛋”，转身开门而去。

出了门，她才感觉到这明媚的阳光是如此的温暖。初夏的上午，街上的人步履匆匆的，温润的绿色在枝头招摇，这温润持久不了，很快就就要变成深绿了。她看着路边的树叶有点发呆，关键是她不知道要去哪里。

一曲凤凰传奇《荷塘月色》的旋律从她的包里传了出来，有电话。她赶紧打开包，屏幕上的名字让她一时有些惊讶，是他——张雨田。她下意识地摁了绿色的接听键，“依然，我是雨田，来你们市了。刚下飞机，有时间吗？我想见见你。”还是那么干脆利落的说话风格，她思维有些凌乱：“嗯？你真的来我们这了？”“还骗你干吗，中午一起吃个饭吧，下午办些事，晚上正式请你和你老公如何？”“哦，好的。”她不知道是兴奋还是惊讶，反正总感觉是自己好像没了思维。“那好吧，就在中山路的维多利亚餐厅吧，我都在网上查好了，如何？半小时你能赶过来吗？”“哦，好吧，我过去。”“那好，11 点半，不见不散哦！”

挂了电话，她还是没有缓过神来，“张雨田，张雨田，张雨田……”这名字她太熟悉了，她嘴里念叨着，那家伙的形象就出现在她面前。不知道为什么，恰巧在她似乎走投无路的时候，他就来了。是天意吗？她决定回去，好好化一下妆，她不能在他面前流露出一点不自信的样子。

回去的步伐如此地轻快，因为，与出来时相比，她心中已经有了一个模模糊糊的愿望……

宋春山今天颇为得意。在公司的周例会上，总经理胡平华特意点名表扬了人力资源部，今年公司各部门在人力资源分配上都对人力资源部的评分很高。宋春山非常清楚这个业绩的由来，一方面归功于宋春山的能力；另一方面要归功于他的助手楚莎莎。虽然楚莎莎来公司的时间不长，也就半年时间，但是和宋春山配合起来，的确有相得益彰的感觉。宋春山佩服自己的眼光，当初入选他的助手的人选有两个，除了楚莎莎还有一个叫苏小小的女孩。两个备选的女孩都很优秀，的确让他犯了难，单从教育背景和工作经历上看，两人不相上下，楚莎莎毕业于南京大学人力资源管理专业，研究生，曾经在 SARI 公司工作过两年，那是一个知名的合资物流公司，在国内物流行业是数得着的，曾经跟他们公司有业务往来。面试的时候，楚莎莎伶牙俐齿，对人力资源的操作流程以及她的专业知识娴熟程度让在座的面试官们无不点头称是。尤其让宋春山有些好感的是，那一身巧妙的搭配：衣服与苗条身材的完美结合，既体现白领女性的精干，也不失优雅。他心想，楚莎莎肯定是个懂女性美学的人。而且，答辩完以后她甜甜的一笑，几乎摄人心魄，面试完之后，管理部的刘文总监不怀好意地开玩笑说："宋总啊，这个可养眼啊。"

与楚莎莎比较起来，苏小小，真是人如其名，有点江南女子的婉约气质，北京交通大学管理学专业研究生毕业，虽然长得没有楚莎莎漂亮，也没有楚莎莎外向活泼，但是思路清晰，表达条理清楚，人力资源评估得分几乎满分。那是一个非常内秀的江南女孩。而且，看到这个名字他就有些眼熟，对，好像历史名人，好像是南北朝时知名的歌伎。宋春山暗笑她父母没文化，怎么也不能给自己的女儿起这么个名字啊。考评答辩下来，五个面试官给两个人打的成绩相差不到三分，但是助手只能选一个，而且如果总成绩相差不到五分，最后由用人部门领导自己决定。这样的选择让宋春山很为难，最后不得不忍痛割爱放弃了苏小小，毕竟他更喜欢阳光女孩，沟通起来不累。事实证明他的选择是对的。

不过，苏小小并没有被淘汰，她留在了管理部刘总的办公室。然而，每次宋春山见到苏小小的时候总是感觉有些歉意。虽然他知道"鱼和熊掌不可兼得"，这怨不得他，但毕竟是他没有选择人家，多少心理上有些歉疚，于是每次见面他总是笑眯眯地主动和苏小小打招呼，后来他听说有公司的员工私下里说他喜欢苏小小，这才更矜持了些。人言可畏，还是不要授人以柄吧。

其实，他选择楚莎莎有个他无法跟外人言语的理由，她觉得楚莎莎颇有当年柳依然的气息，那种美好的回忆让他突然有了一种品味过去的感觉，虽然现在的柳依然几乎让他害怕，但是当初那种刻骨铭心的喜欢还是让他难以忘记的。

男人啊，爱一个人可以有无数的理由，不爱一个人只需要一个理由。

楚莎莎的确没有辜负他的期望，她的长相、气质、学识和谈吐就是无往而不胜的利器，跟公司的其他部分调研人力资源需求，从总监到普通职员，只要是男的，没一个不被拿下的。而公司里各部门除了策划部张总监是女性外，无一不是爷们。所以，有楚莎莎办理这些要各部门配合的业务比以前由宋春山协调那真是顺当多了。

宋春山对楚莎莎当然是另眼相看了。

楚莎莎 1987 年出生，是家里的独生女，从小养成了好强的性格。父亲在外交部工作，她从小跟着父亲走南闯北的，甚至曾经还在南美待了一年，要不是觉得那里的英语水平太具有地方特点，还会一直待下去的。所以，楚莎莎是那种……怎么说呢，似乎跟随他老爹见识过各国首脑一样，自视颇高。没什么拿不起放不下的。她甚至觉得自己阅人无数，各种肤色的都见过，更别说国内这单色人种中的各类所谓精英了，与她这个国际精英来比，哼！她不想再说什么了。

至于他的上司宋春山，她觉得这厮还是有些头脑的，不过，再过五年未必能比得上她楚莎莎。楚莎莎虽然自视颇高，但是从来都是把这些傲骨埋在心里。对宋春山她还是给予了极大的尊重。哪怕就是意见相左，她也能够巧妙地回旋一下，让宋春山理解并接受。所以，虽然才来了公司一年多，其实她内心已经觉得这个上司对她的意见和建议已经……怎么说呢，不说是言听计从吧，至少也是极度重视的。

她发现，宋春山这个人虽然表面上斯文稳重，其实内心城府并不深，绝对不属于老奸巨猾的，宋春山离这个词的高度还有十万八千里呢。所以，她觉得跟宋春山这样的领导比较轻松，以她的专业能力和处事的手段，她觉得掌控这个人力资源部也绝不在话下。不过，现在她必须学会潜伏，一个有志向的人，在发展的初期必须隐强示弱，不能让那些利益相关者把自己掐死在摇篮中。楚莎莎有这样的智慧。

公司三期新聘计划要上报了，楚莎莎拿着她做好的计划找宋春山签字。宋春山的门半掩着，里面传来打电话的声音，似乎不是公务，就听宋春山说："兔子，我最近有点内忧，这事你最好先别烦我，你嫂子近来对我的各种策略油盐不进啊，我现在上班呢，晚上有时间咱再聊。你那事先放放，我记着呢!"

楚莎莎与电话里的"兔子"有过一面之交，觉得那小孩蛮有意思的，因为有次"兔子"来公司找宋春山，她就在宋的办公室呢。不过，她对这个什么"兔子"并不感兴趣，反是电话里的"内忧"，让她突然一惊，不用说啊，这是上司的贤内助出了问题啊，这个柳依然，楚莎莎也见过两三次，但都是在公司里，而且给她的感觉这个柳依然好像对宋春山周围的女人都有天然的敌意。第一次见面的时候，她就能从柳依然那种多少有些傲慢的点头、微笑里看出些敌意。即使不是敌意，也是有些怀疑的。楚莎莎不禁觉得好笑，我楚女王怎可能对你的那个老公感兴趣，我的那位目前还没出世呢！不过，她天然的有一种想要对那种敌意进行报复的心理。

听到电话放下的时候，她轻轻地敲了敲门。

“请进!”

“宋总，三期的新聘计划我做好了，请您审阅一下。”楚莎莎面带微笑，但是又很礼貌地把计划书放到宋春山面前。

“哦，Miss 楚，很好，最近咱们部受到了公司表扬，这里面有你一份功劳啊!”宋春山说话的时候并没有看着楚莎莎，他不想把这句话说得那么正式，特意说得那么有意无意的。他觉得话就得这么说。过于正式呢，下属就会以此为理由或提出加薪，或提出升职；过于随意呢，就起不到激励的作用了。所以，话说下来，既要让下属觉得是在表扬她，但是又不是那么正式，鼓励的成分更多些。

楚莎莎又笑笑：“宋总，还是您决策英名啊，要说我有些成绩也还是您领导有方，我不过是执行您的决定啊。”一席话说得宋春山春心荡漾。这话怎么听都让人觉得那么舒服。

宋春山觉得有必要让楚莎莎感觉到自己对她有意的栽培。“Miss 楚，你能力还是有的，以后我要把一些重要的工作给你承担些，没意见吧?”宋春山这时候眼睛带着微笑，盯着楚莎莎那略施粉黛的瓜子脸，他像欣赏一件艺术品一样的让他的目光挑剔地停留在楚莎莎的两个眼睛中间，他相信楚莎莎不会不明白。

楚莎莎何等聪明啊，她莞尔而笑："宋总，您这不是给我进步的机会吗，感激还来不及呢！"楚莎莎最后一句话说得稍微嗲了一些，她想让宋春山知道她其实是很想依靠他这棵大树的。

其实，那些所谓的什么屁重要工作对她来说简直太小菜一碟了。随便动作一下，就会让宋春山刮目，不过现在她不能过多地表现自己。因为她觉得，她不仅要让"宋总"在工作上依靠她，更重要的是需要跟宋春山有个心理上的接近，让宋春山绝对信任她。这个绝对信任是让宋春山知道，把楚莎莎推荐到公司任何一个岗位上，哪怕就是宋春山现在这个岗位上都要让他觉得我楚莎莎永远是自己圈子里的人。这不仅需要跟宋春山在业务上和谐，关键是让宋春山能对自己有一种天然的亲近感。这个度必须拿捏好。

当她听到宋春山电话里说有些"内忧"，她头脑立刻反应了一下：嗯，机会来了。

柳依然看到张雨田的刹那间，她惊得有些呆了。这哪还是那个留着寸头的毛头小伙啊。一身藏青的西装，自然中分的黑发，虽然脸上有了些肉却依然棱角分明，甚至个子都比以前高了。只不过那双总是带点坏笑的小眼睛她觉得没有改变。柳依然陡然觉得不自信起来。他变得成熟而更加有魅力了，而自己呢，却好像从美女的位置上退休下来了。她甚至有些犹豫是不是该快步走上前去迎接那个四处逡巡的寻找着她的眼睛。

看着他焦急的样子，似乎要拿起手机打电话了，她才猛地回过神来。既来之则安之，有什么啊，我早不是小姑娘了，也是嫁作他人妇的人，何必如此地在乎这些呢。

“雨田，雨田！”她尽量轻快地喊着张雨田的名字。

那双小眼睛里露出了喜悦的光芒，“啊，依然，终于见到你了，你变了啊，我都快认……”

“是认不出我来了吧？我早就做好心理准备了。”柳依然没等他说完就接下去了，她不想让这个曾经喜欢甚至于崇拜过自己的人说出那样一句自己最不想听到的话。张雨田没说完就被截住了，使他立刻意识到了自己的不妥，“依然，你看，怎么你还是这么爱认真呢，我是说我激动得快忍不住要拥抱你一下了。”那双小眼睛笑眯眯地看着满脸红晕的柳依然。柳依然突然觉得有些激动，她赶忙说：“你啊，还改变不了上学时的那个坏样子！”

“雨田，你是来出差的吧，打算停留几天？”

“不是的，我是去北京出差，路过，特意来看看你。”说这话的时候，他刻意地挨近了一下柳依然，的士司机好像从后视镜里瞟了一眼，似乎在猜测着这对男女的关系。

柳依然本能地挪动了一下，其实她只是心动了一下，她的身体似乎并没有动，甚至有一种想要挨近张雨田的感觉。

上学时张雨田拼命追求她的一幕幕似乎在眼前一个劲儿地闪现，怎么努力控制都控制不住。刚开始的时候，每个周末她都莫名其妙地收到一束玫瑰，到后来她每次去羽毛球馆打球总是在快要结束的时候，碰到张雨田到球场里找人，然后他总是很奇怪地找不到人，却总送给自己一瓶康师傅红茶。每次去吃饭的时候，总恰巧碰到张雨田也去吃饭。这样的碰巧多了，才引起了柳依然的注意，原来世界上的偶然大多都是必然。尤其是最后的时候，他手捧九十九朵玫瑰，用九十九支蜡烛在她们女生楼下拼成一个心的形状，站在闪烁的蜡烛中间，大声喊：“212 宿舍的柳依然，我爱你!”当时整个学校都轰动了，女生楼上的窗户上都挤出了好几个脑袋，月光下，人们期待着美女柳依然去和烛光里的张雨田相会。没想到，柳依然的绝情让所有的女生唏嘘。她生生地让张雨田在女生楼下等了三个小时，最后甚至有大胆的女生在看到张雨田失望地要转身的时候，对他大喊：“帅哥，我爱你!”从此，张雨田和柳依然成了全校有名的人物。甚至于在毕业典礼上，校长张奠宇笑着对柳依然说：“哦，你就是那个柳依然啊!”然后享受了和别的同学一样的毕业祝福。她想，张雨田估计也得到了校长这么一句话。

往事如风，已经快十年了!

路上不是很塞车，很快就到了石门市最有名的燕春饭店，那是个与这个城市年龄一样的古老的饭店。旁边建起一个新的燕春花园酒店，新的酒店大气而辉煌，老的那个酒店朴素而有韵味。

“到了。这是我们这个城市的中心地带了，去哪都方便，一边是老酒店，价格挺实惠的；一个是新的，不过价格挺高的。你住哪个?”张雨田想都没想说：“住新的吧，反正公司也有出差补贴。”柳依然想，这小子还是这个大方脾气。

“这样吧，雨田，一会儿住下了，我请你吃饭，好不好？然后带你在附近转转，如何？”柳依然觉得她应该尽量尽地主之谊。

“那个，那个，你是不是跟大哥说一下？嗯……或者请大哥一起过来吃饭？”张雨田眯着眼睛看着柳依然，嘴上说着他心里不想说的那句话。柳依然非常故意地说：“张雨田，你是想见你大哥是不？那好，待会让他过来陪你喝点？”张雨田嗫嚅地嘟囔了一句：“都好，都好。”柳依然诡秘地一笑：“呵呵，你这个家伙，心里想的，我还不知道？”张雨田脸红了一下，俨然是十七八岁的少年。

可是，十七八岁已经是过去了。然而，他好像却从来没有从十七八岁的年代走出来过。

虽然毕业十年了，可是，他依然孑然一身，不是没人追求他，是他的心里实在容不得别人，这也许是一种心理疾病了。他总想找一个跟柳依然一样的女孩，可天下哪有这样的事啊，别说一样的，就是长得像的也是大海捞针啊。

张雨田是个完美主义者，他不想凑合，逢场作戏的也曾经谈过一两个，每次都是以他冷若冰霜的无情让女孩们感到失望。他现在是钻石王老五了，中美合资 TIMES 公司中国大区的市场总监，年薪已经让他觉得钱已经没那么重要了。到了这个层次，什么才是最重要的呢？在他的心里就是那个他永远想得到而得不到的了。那个想得到而又得不到的太过于虚无缥缈，是可遇而不可求的。所以，他只好努力工作，越努力工作越让他觉得钱多得没有了价值，每次过年回家，孝敬父母的钱都几乎让他的父母笑不起来了，老人们想的是他赶紧带回一个儿媳妇，想尽快抱上一个孙子，那才是最有价值的。没有这些，对于老人们讲，钱又有什么用呢？所以说啊，情感的价值根本无法用金钱来衡量。于是，他甚至曾经在网上发过帖子，想租一个女友回家过年，可是每次看到来面试的女友，不管人家多真诚，他都觉得那么无聊，那么虚伪，所以，在他那几乎没有面试成功的。唯一的一个让他觉得有些好感的，是一个跟柳依然一个城市的女孩，她给他留了言。他真希望那个女孩是柳依然，不过，看看年龄和照片，他断然拒绝了，那绝不是柳依然。

他觉得自己真的有病，难道此生除了那个已为人妇的柳依然就再也没有打动他的心的女人了吗？他想了好久也想不出来这是为什么，也许只能归罪于先入为主伤了他心的爱，已经在心里生了根、发了芽，容不得别的任何情感的种子了。今天，看到了真的让他魂牵梦绕的冤家，他反而觉得坦然了很多。柳依然早没有上学的时候那么光彩照人了，但是不知怎么的，他觉得不管柳依然怎么变，他那颗心，总是能燃起火焰。柳依然美吗？似乎不美了。但是心里的柳依然还是那么美，他无法把他心里永远年轻的柳依然与现实的柳依然分割开来。就像人们还没有去普罗旺斯的时候，幻想的是天堂，可是人们去了普罗旺斯，依然觉得即使跟自己的想象不一样，它依然是天堂。天堂是自己内心创造的，现实中天堂即使如地狱，天堂之美也永远无法改变。这真是一种奇怪的感觉啊，谁又能说得清楚呢。

“依然，你看天还早呢，吃饭还早，我们去先喝点咖啡吧。”

17

婉儿咖啡。

一个婉约得有些意境的名字，让咖啡也富有了情感的意味。柳依然并不是刻意要去这个名字有些暧昧的咖啡馆，只不过是距离最近罢了。

华灯还没初上，但肯定接近下班的时间了，秋季的傍晚颇有些凉意，可是她心里却热乎乎的，是激动吗？好像不是，是一种什么感觉她也说不清楚，跟一个曾经深爱自己却不被自己所爱、被自己拒绝了的男人，十年后的时光幽会，是一种什么样的感觉呢？她真的说不清楚。她那个时候还小，她觉得爱一个人是潜移默化的，是淡淡的、一点点散开的，就像中国画里的表现技法，是朦胧的真切，是无言的体味。她不喜欢那种张扬的表达。没想到的是，十年之后的现在，她否定了自己。她甚至希望宋春山能更热烈地表达对她的爱，可是宋春山不会了。然而，张雨田会，她感觉她在情感的世界里似乎像一个迷途的孩子，只是循着花香，想找到一片美丽的世界。但是她又知道，她不能越过任何一个世俗的界限。花香的世界就在旁边，可是那个界限她无法逾越。她不知道他心里是一种什么样的感觉，管他呢，反正是自己的同学来看自己的，算不得什么嘛！要是一会儿宋春山打过电话来，就让他自己出去吃点好了，她不想把这事告诉他。因为，严格意义上讲，他们俩还处于冷战状态，彼此还是敌人呢。她才不会笑嘻嘻地求宋春山出来陪自己曾经的追求者一起吃饭，那将是多么尴尬的事情啊！

他们找了个靠近窗边的位置坐了下来，咖啡馆里放着央金泽兰的《遇上你是我的缘》，曲调里散发着由淡而浓的忧伤，她喜欢这样的曲子。她记得她第一次听歌手央金泽兰唱的时候，感动得都哭了。她不知道为什么总是这么巧，总是让自己在这样的一个心态里碰到那样的人、那样的环境。她出神地坐在椅子上，甚至在服务生过来后张雨田问她想喝什么咖啡的时候，都忘记回答了什么。

曲调终了，下一曲是意境悠远的《柠檬树》，她不想一直在曲调里，她只能回到现实 。

“依然，你怎么了？哭了？”

柳依然这才意识到自己是多么失态啊，一个人在无奈的时候总是那么脆弱。

“哦，对不起！我特别喜欢央金泽兰的歌，总是入戏，呵呵。是不是我还没长大啊？”柳依然擦去眼角的湿润，张雨田讨好地笑了笑：“你还是那么可爱！”

“可爱？不对吧，这个词对于三十多岁的女人可不一定是表扬啊！”

“你在我心里总是一样的，不会变老！”

“讨厌，你什么时候学会卖乖了。”柳依然娇嗔地埋怨了一句。

外面似乎飘起了小雨，她看到匆匆的路人都撑起了伞：黄的、白的、绿的、黑的、红的，俨然一幅风景。

一把大大的黑伞下，一男一女，女的那么娇小可爱，男人 倾斜着雨伞照顾着这个娇小的女人。越走越近，她突然惊呆了，那不是宋春山和楚莎莎吗？她的心几乎要跳出来了。那把大黑伞的方向正一步步接近这间咖啡屋。

18

“依然，你看什么呢？”

“哦，没有，外面下起雨了。”柳依然突然意识到自己旁边还有一个张雨田，她用手按了按自己的胸口，仿佛可以止住那颗跳得越来越剧烈的心脏。

黑伞收起来了。她没有敢抬头来看他们会坐在哪里。她一方面希望他俩坐得近一点，让她能听到他们说什么；一方面又想让他们离得远一点，她不想让宋春山知道她在跟她的同学约会。

很快，宋春山的声音传到她的耳朵里。“就坐这吧！看，守着窗边，还可以看看雨景。”“嗯，宋总，好有意境啊，我喜欢这样的感觉。”那是楚莎莎的声音。在自己的卡座前边，落座了两个跟她有关却又无关的人。

她的心一下子就乱了，她用力控制着自己。她用那只小勺用力搅着那杯咖啡。她只能低着头，她不想让张雨田看到她那张她自己都感觉到发烫的脸。

她不知道人生怎么就这么巧呢，但是她又庆幸这样的巧。宋春山，她曾经当作一辈子依靠的人，却陪着自己的美女下属来享受婉儿咖啡的味道，那又是一种什么味道呢？而自己呢，旁边坐着这位一直在回味她备感珍惜过去的人，又是自己的什么人呢？难道仅仅是自己的老同学？她的心好像在河水里游，一会上一会下，她怕如果稍微不控制一下，她的心就要沉到这条咆哮的河里了。

“莎莎，谢谢你请我喝咖啡！本来，应该我来感谢你的，你看你……”

“宋总，现在不是在办公室吧，那我可以叫你宋大哥吧？大哥如果想让妹妹真的轻松一下啊，咱能不能不说工作上的事呢？”

“嗯，对，对！莎莎教育的是。”宋春山一定是笑眯眯地对着她点头称是，柳依然突然觉得特别恶心。她甚至想站起来走过去看看宋春山的嘴脸。

“依然，你是不是累了啊？还是病了？”

张雨田关心地看着柳依然低垂的、似乎有些脸红的样子。柳依然不想说话，但是这是不能拒绝的问题：“嗯，没有，我只是想……”

“嗯，我知道了。看我是不是聪明，我猜，你一定是有些激动，似乎回到了咱们的过去了。”这句话让柳依然感觉肉麻得可笑。

“我们有过去吗？如果有，那也是你的过去。”柳依然不留情面地说出了这句话。“嗯，依然，你还是那么倔强。”张雨田赶紧自我解嘲。他并没有觉得这句话多么难为情，因为他是一个曾经沧海的人，大风大浪的拒绝都经历过了，一个小小的揶揄又算得了什么呢。

而柳依然突然觉得与张雨田见面真的是一个错误。在错误的时间遇到了错误的人。一切的巧合不都是缘分，有时是错误。但是她不能不说话，她也不能离开。

她内心的尴尬，没有人能知道。她还在倾听前面卡座里那对狗男女的对话，她绝不会放过他们的！

19

“宋哥，你知道吗？嗯……也许你从来就不知道，大男人向来不会那么心细！”楚莎莎顿了顿，她眼睛直勾勾地看着宋春山，她希望马上出现她所期望的表情。

“莎莎，知道什么？”果然宋春山傻乎乎地顺着楚莎莎那个引人上套的话题问了下去。楚莎莎知道，一个男人如果聪明或者叫清醒，绝对不会回答这个打着暧昧擦边球的问题。因为，回答知道或者不知道都是对这个问题的深究。每个被女人细心而被男人忽略的问题，大都是能感动男人的，这是温柔的陷阱。不过这个陷阱并不高明，可是傻傻的宋春山还是自投罗网了。

“宋哥，每次开会的时候，你记得我都坐哪吗？我都坐你的右边，你肯定是不记得的，就是为了能听清楚，记录下你每次的发言。看着每次的会议记录，我都在想你那些高超的策略是从哪来的呢？不知道我过了十年之后，能不能达到你这样的水平？”说完，她充满敬意又含情脉脉地看着宋春山。宋春山心里美滋滋的，他不知道自己的下属还是自己的粉丝呢。是啊，有时候男人真的需要一些粉丝，那是上天赋予男人天然的偏好。神的存在正是对现实人的崇拜的升华，哪个神没有人的影子呢。

宋春山还不是神，但已经有了神的感觉，有了让人顶礼膜拜的冲动。

“莎莎，你还是很好学的哦，没想到你这么上进。我想你肯定会有大的进步的！”宋春山满心的自豪和高兴，天然地具有了那种居高俯视的感觉。“宋哥，你老这么一套官腔，我连喝咖啡都喝不出甜香的味道了。”

“好，好！我不那么说了。其实，咱们人力资源部，我觉得你是最有潜力的，你看你是周游列国而回鲁之人，部里的哪个能有你这个经历呢，再说你的聪明、你左右逢源的外交技巧……嗯，我都有些自叹弗如呢！”

“来，以咖啡代酒，让我表达一下敬意！”宋春山觉得他的谈吐很妥当，没有什么破绽，既表达了自己对下属的重视，又点出了下属的优点。

“宋哥，我才不要你的敬意，我需要的不是敬意，我要的不是这个！”

“那，你要什么？”

“把你的手给我！”楚莎莎命令式的语调，让宋春山几乎无法拒绝。

宋春山把手伸过去，楚莎莎用她的玉手轻轻接住，把宋春山的手掌反过来，冲上面，然后把她的五个手指头，重叠地按在上面。然后又把手勾起来，与宋春山的手紧紧牵在一起。“我从心里把你当哥哥，你不只是我的宋总。”楚莎莎放低了眼帘，让目光透过睫毛用余光扫过宋春山，如温柔的春风，让宋春山几乎无法把持了。

“嗯，我知道。”宋春山嗫嚅地回答着，他心里又甜甜的有些兴奋，“我不会让你吃亏的！”

“嗯，宋哥，我可就指望你了。”

“宋哥，我可以问你一个隐私的问题吗？当然，你可以回答，也可以不回答。”

楚莎莎的这个问题其实本就不是一个选择题，如果选择不回答，那么意味着你并不信任她，没把她当成朋友。可是，坐在这里的感觉已经远远地超过了朋友，那就只有一个选择，回答。回答什么呢，那要根据问题。

宋春山突然觉得楚莎莎好可怕，他不知道等待他的是个什么问题。

“宋哥，那就恕我直言了，听说……听说，你和你的 Darling Liu 最近有些不和谐？”楚莎莎满怀期待又故作天真地用双手托着下巴，直盯着宋春山。

宋春山惊讶地睁大眼睛说：“公司里都知道了？”

“宋哥，有那么严重吗？公司里别人知道不知道，我不知道。反正我是知道了。再说了，公司里就是有人知道了，那也是你个人的私事。今天要不是在这样的环境下，我也不会问你的。好了，你可以不回答。”楚莎莎装作无所谓的样子，但又有些失望地用大眼睛盯着咖啡，轻轻地用咖啡勺把咖啡搅成一个漩涡。

宋春山感到一阵疑惑，又感到很气愤，是谁把自己这样的私事在公司里传播了呢？但他立刻定了定神，不想让楚莎莎觉得不信任她，但是又不想让她知道太多，说：“哦，其实没什么，她可能是太关心我了，有时候比较任性。”

“宋哥，我可没有窥探你隐私的意思。不过，我有自己的看法，愿意与宋哥共享。我没结过婚当然也许没有发言权，不过没吃过鸡蛋不等于不能评价鸡蛋的味道，我只是想以后要是我有个老公，如果我认定老公可以给我一辈子的幸福，我下了决心做家庭主妇，那么我绝不可以让他在公司里辛苦了还要在家里受苦。因为，这时的老公已经不是他个人了，也是老婆自己在外面世界的化身，老公回到家里，老婆要让他幸福得没有办法不想回家，女人要会创造情趣，哪怕是做床上的荡妇，我觉得也未尝不可。因为既然爱已经合二为一，那有什么不可以呢？所以，成功的老婆就是要做得让老公无法拒绝回家。”

楚莎莎的一番夫妻理论，让宋春山目瞪口呆，没想到，这样一个周游列国的女性竟有如此的爱情观，这让他着实吃惊不小。想想自己的柳依然，一阵痛苦涌上心头，他有些失望又有些失态地说了一句：“她不是你啊，要是那样多好啊！”

从心里他觉得楚莎莎离自己近了很多，“莎莎，我告诉你吧，也许你不理解。女人千万不要认为老公是她的私人财产。以为像如来佛把孙悟空扣在了五指山下就一辈子万事大吉了。不是的，就是过了五百年，孙猴子也是要跳出来的。”也许是触动了宋春山那根痛苦的神经，他有些不能自持地提高了声音。楚莎莎环顾了一下左右，把食指和中指放在嘴边：“嘘，宋哥，小点声……”

“不用小点声，宋春山，你是孙猴子是吧，我现在就让你跳出来!”原来，宋春山和楚莎莎所有的谈话，柳依然一句不漏地都听进了耳朵里。一种五脏俱焚的感觉让柳依然再也忍不下去了，她“呼”的站了起来，走到前面的卡座，大声对着前面卡座里的宋春山用尽最大声喊了起来。

宋春山惊呆了，他不知道柳依然怎么会出现，她倒如《西游记》里防不胜防、可以变幻成任何东西的孙悟空了 。

张雨田更是不知所措，被这突来的情况搞得丈二和尚摸不着头脑。

只有楚莎莎依然平静地用咖啡勺轻轻搅动咖啡，让满杯的咖啡搅成一个漩涡，因为只有她，在坐在这儿之前就预知到了这样的结果。

柳依然痛苦地望着满城的灯火，她感觉自己做人太失败了!

拉杆箱里只有自己几身简单换洗的衣服，她不需要带走太多，因为那会让她痛苦。她想脱胎换一个人，一个与这个世界毫不相干的人。一小时前的一幕总是无法控制地出现在她面前，让她挥之不去。她不明白那个小骚货楚莎莎为何如此淡定，这淡定简直是对她的侮辱。她也不明白为何宋春山竟敢当着那么多人跟她大喊“他受够了”，只有那个不明事由的张雨田，被突然的惊吓弄得不知所措，一个劲地说：“依然，这是怎么回事，怎么回事?”呵呵，还能怎么回事？再傻的人也知道怎么回事了。宋春山不傻，所以他看到又惊又傻的张雨田也明白了怎么回事了。这更助长了宋春山的嚣张，甚至让她解释到底她想干什么。她的确没干什么，也不想解释想干什么了。一切解释变得没有价值了。

在她摔门而出的瞬间就决定要离开这个城市了，她不想在这个城市再受煎熬了，那个曾经的宋春山已经死去了，即使留下来，也是留在坟墓里生活了，现在的宋春山已经不是她的了。

不知不觉，泪水已经模糊了她的双眼，站台上的人潮开始涌动了，她要搭上最后这班动车回到父母的身边。

父母，在一个人最痛苦的时候，永远是最温馨的港湾。

雨后的夜总是那么静谧冰凉，宋春山的心也如同这雨后的夜一样冰凉。

当宋春山回到家的时候，他以为柳依然会再次大闹，他已经做好了准备。他才是受害者，柳依然后面那个小眼睛的男人一直在他的脑海里闪现。他再也没必要整天谨小慎微地宠着柳依然了，这样宠着的后果是什么？那个男人对柳依然亲昵的、有些讨好的举动让他觉得恶心。他不愿意想象他们的关系，但是明摆着，这个社会谁还相信男女之间真正的友谊呢，除非自欺欺人。

开门，进屋。屋里静得可怕，难道有什么事发生，他的心突然抖动了一下，打开灯，他找遍每个房间都没有人，甚至是洗手间。

他下意识地拿出手机，想拨打那个号码，却突然发现有一条短信：宋春山，我们的缘分尽了。不要找我，只有父母是我永远的依靠。分手吧，让我们不再折磨彼此。

他毫无力气地蜷缩在沙发上，他那颗准备经历一场争吵和战斗的心突然丧失了目标，让他觉得无比的失落、痛苦。她走了，也许已经离开这个城市了，也许没有。他拨打着曾经熟悉的号码，那边是快速挂断的声音。他知道她不会再理他了。

也许此时正是那个小眼睛男人在陪着她呢吧，想到这里，他陡然升起一种痛恨。他感觉这个世界充满了欺骗，“无耻，无耻!”他说着。

“啪”的一声，他把手边的烟缸使劲摔到了地上。

烟缸碎了，他的心也随着四散的玻璃碎了，碎得几乎没法跳动了。

张雨田一直在惊吓中迷惑着。这到底是哪一出啊？曾经美好

的气氛在瞬间被逆转，是在玩流行的穿越吗？

从语气上看，那个帅高的男人应该是柳依然的老公，可是旁边的娇小的女人是谁呢，难道是她老公的情人？可是，柳依然为何会安排自己参加这么一个匪夷所思的见面呢？难道是让自己见证她婚姻的失败？难道是想跟自己……他不敢想下去了，世界上的事怎么这么奇怪呢？

是啊，世界上的事就这么奇怪。张雨田实在是冤枉，似乎在柳依然身边他就没有不被冤枉过。命运真逗，他不被柳依然折磨一下似乎就不是他的人生。一个偶然的出差却让他有如此奇遇，实在是他跟柳依然天然的孽缘。

柳依然摔门而出，拒绝他的关心，甚至他已经搭上了出租车要送她回家也被她推了出来。

他简直不敢相信这女人怎么这么倔强！

可是，也奇怪，他越发喜欢她这样的性格，他觉得自己真够贱的，是贱得连当铺都不要的那种。

他苦笑着自己的有病心态。

回到宾馆，他拨打柳依然的手机，那边是断然挂断的声音。他知道，他再打依然是这个待遇。

他躺在床上，刚才的事让他依然胆战心惊的，他摸着自己的胸口，突然想起一句话："女人是祸水。"

可是，他怎么也不想摆脱柳依然这个祸水。

他用力"啪"的打了自己的脑门一下，大喊了一声："我他妈的叫张贱人！张雨田大贱人！"

可怜的张雨田，唯一的一个在这次"咖啡门"事件里的牺牲品，他不是贱人，他是可怜人啊！

兔子都钻被窝了，愣是被宋春山给薅了出来。

他不能不出来，电话里宋春山说："兔子，你要是今天不出来陪我喝酒，明天就见不到哥了！"吓得兔子只穿了个短裤一溜小跑就出来了。宋春山没开车，站在兔子小区前跟保安正急赤白脸地吵架呢。他进门的时候提溜着一瓶白酒，喝了有半斤了，门口保安看这人有些奇怪，戴个眼镜挺斯文的，没见过提溜着个酒瓶子咕咚一口、咕咚一口这样喝的斯文人。保安怕出事，愣是不让他进，他就要跟人家急。多亏兔子跑得快，否则宋春山真的要跟人家干架了。

"这是咋的了？都快十一点了，这宋大部长是咋的了，遇上啥事了？"兔子心里琢磨着，肯定不是小事。

保安都认识兔子，兔子赶紧给人家赔不是："张师傅，这是我家大哥，今天心里不痛快，你别介意。"听兔子一说，保安也就不计较了。这宋春山反而不依不饶，非得跟人家保安理论。兔子赶紧拉着宋春山，猛劝："哥，跟我回家，我陪你喝，咱家里要白酒有白酒，要啤酒有啤酒，管够成不？"好哄歹哄，宋春山跟着兔子回到了兔子的家。

兔子一个人住个两居室，屋里摆满了各地旅游的纪念品，甚至一些貌似古董的瓶瓶罐罐。兔子骑自行车周游大半个中国了，除了旅游，他还爱写作，沿途的风景人情在他笔下韵味悠长，网上他的帖子都置顶了，他的粉丝据说有上万了。在这个匆忙的社会里，能有一个满足自己爱好的追求，并且去践行，真的好难得。兔子就是这样的人。

一进门，宋春山就一屁股瘫坐在沙发上，他本就没有什么酒量，这喝酒像喝白开水一样咕咚咕咚的喝法，不醉才怪。

兔子以为宋春山喝多了就应该睡下去了，没想到，宋春山把酒瓶子往桌上一杵，命令兔子说："给哥再上三碗米酒！今晚，三碗不过冈的那种！"兔子不禁觉得好笑，这不是景阳冈上武松的做派嘛，今晚这宋哥要去哪打老虎啊？别不是被嫂子打出来才这样的吧。他正犹豫呢，宋春山一把拍在他肩上，"你小子听到了吗？给我开啤酒，老子不喝白酒了，咱俩对饮，不……不醉不罢休！"

"哥，容我问句话行不？这是嫂子把你赶出来了呢，还是你从家里'越狱'成功了呢？"兔子还想开个玩笑。

"少废话，拿酒来！"看着宋春山瞪着喝红的眼睛，一脸的严肃，吓得兔子赶紧从冰箱里取出啤酒，刚想拿个杯子，就被宋春山拦住了。"好汉，兄弟对着瓶吹，用得着什么破碗！"兔子哭笑不得，这位哥看来真是被作践得不轻，否则不能这样啊。

宋春山真的喝多了，但是这让他感觉与这个他不愿意生活的世界有些距离了，酒真是个好东西，怎么就这么容易让人忘记烦恼呢？

"哥，别喝了，喝差不多了。"兔子用力夺过宋春山手里的啤酒瓶子。"已经八瓶了，我真服了您老了！"兔子嘟囔着，看着几乎都喝红眼了的宋春山，兔子才意识到问题的严重性。

从来没见过宋春山这么喝酒啊。

宋春山毫无力气地、颓丧地坐在办公桌前。这是他第一次迟到半小时。胃里的酒虽然在夜里就已经吐得精光了，空荡荡的胃好像被悬空起来，难受得要命，他什么也不想吃，只想喝点水。但是他懒得站起来，他用双手抱住自己的后脑勺，仰靠在老板椅上，老板椅自然地向后倾斜。这样他才觉得舒服一点，此时，他头脑里一片空白：婉儿咖啡，吵架，柳依然，楚莎莎，各种情景反复在自己眼前出现。他几乎无法控制自己的想法。听兔子说，他吐了一晚上，这些他都忘了，难得有这样的好兄弟啊，他努力控制自己回到现实，努力驱赶着这些乱哄哄的片段，而这些不是他想回忆的。

轻轻的敲门声。

他几乎懒得支起身子，强打精神地说“请进”，门轻轻地开了，他还没来得及坐好，一个轻快的身影来到了他办公桌前，声音很小：“宋总，喝点咖啡，醒醒神。”声音轻柔得宛如早春的风。

楚莎莎楚楚动人地站在宋春山对面，把一杯刚刚冲好的咖啡放在宋春山面前，杯子很精致，一看就是高级的骨质瓷，白得发亮的杯子外面是丘比特的箭射中的两颗心，一支小巧的金色的咖啡勺放在杯子里，有一丝丝袅袅的热气从杯子里飘上去。

“宋总，杯子和勺子都是新的，我从来没用过。你好好休息一下，有什么事你吩咐，我去做就好了！”楚莎莎一改往日的干练与爽快，说话的语气里透着无比的温柔，她转身走了。看着楚莎莎的背影，他不知道心里是一种什么感觉。不过，他的心也如同这杯咖啡一样，温暖得有些热乎乎的了。

楚莎莎真是一个奇人啊，在他和柳依然争吵的时候，却淡定如同什么也没有发生，现在想来，楚莎莎这样的选择真是高明。那样的气氛下，楚莎莎不管说什么只会让事情变得更糟，她出奇的淡定反而让人觉得她做事问心无愧。这其实也是在帮宋春山。试想一下，如果楚莎莎当时解释她与宋春山是清白的，柳依然会信吗？反而更让柳依然怀疑。如果楚莎莎转身离去呢，那明显就是告诉别人，她是理亏的。淡定，只有淡定才能说明在这件事件上，她是多么置身于外，毫不相干。

好聪明的楚莎莎。

这是一个什么样的女孩子呢？咖啡的香气开始在房间里飘荡了。

这不是一杯普通的咖啡，当他用金色的勺子搅动咖啡，端起来快送到嘴边的时候，门轻轻地开了。

是楚莎莎。

“宋总，我想看看您是不是还需要加些咖啡。”

宋春山猛然想起：刚才楚莎莎进来时说让我醒醒酒，她怎么知道的呢？

"莎莎，嗯，这个，这个，刚才你说让我醒醒酒，你怎么知道我喝酒了？"

宋春山疑惑地看着楚莎莎，楚莎莎笑了笑，很妩媚。"宋总，您进办公室的时候从我旁边经过，我闻到了一股酒味，想到昨天晚上的不愉快，我猜您可能喝了不少。"楚莎莎对上司的关爱是如此了无痕迹，却又感人肺腑。

宋春山有一些感动。

"哦，没事的，谢谢你这么细心！"宋春山觉得这女孩子真是细心。

"您需要再加些咖啡吗？"

"哦，不要了，你忙吧！"

楚莎莎莞尔而笑，轻轻带上门出去了。

宋春山突然觉得楚莎莎真不是一个普通的女孩子，干练而聪明，细心而体贴。他从心里喜欢自己这个下属，他决定以后一定要为楚莎莎提供些发展空间。

不过这个喜欢是那种好感层次上的喜欢，他觉得跟这样的女孩待在一起太轻松了。他不由得又想到柳依然，他不明白柳依然为什么变得如此刁蛮而专制。想想柳依然刚刚进公司时，也是那么靓丽清新、聪明干练，他之所以在招聘的时候选择了楚莎莎其实是他内心对婚前的柳依然的留恋，他希望柳依然能够回到过去，选择楚莎莎似乎在满足自己一种心灵上的需要。

这个楚莎莎真的没有让他失望。可是，这又用什么用呢，反而凭空让自己堕入到了更大的无奈和痛苦中。他甚至怀疑，就是楚莎莎嫁给了他，也许若干年后也会变成现在的柳依然。他突然觉得女人的可怕，女人从少女变成少妇似乎只是一个角色的转化，可是对于男人来讲却是从温顺的小猫变成了猛虎。小猫的温顺可爱让你顿生喜爱，猛虎与小猫的差距何其大也！有几个男人能预知这温柔的陷阱呢，预知这猛虎的厉害呢？

宋春山在感叹于这猫与虎的变化的时候，离他最近的这只温柔的小猫却并没有他想的那么简单。

这么温柔的小猫此时暗自高兴于这掌控中的变化。

她相信她会达到她的目的的。

宋春山很快也就会知道，这是不是一只普通的小猫，柳依然的离开只不过是她计划的第一步而已，她对这个宋春山并不感兴趣。她所感兴趣的，宋春山就是再长个脑袋也不会想到的。

列车带着身心剧痛的柳依然离开了她熟悉的这个城市。

当她强忍着泪水在电话里开口喊妈的时候，母亲就好像知道发生了什么一样。当她告诉母亲要回家的时候，母亲什么也没说，只是问了问车次，说让姐姐去接她，她知道妈妈心里一定焦急地等待着她的到来。她在电话里听到，父亲好像要问出了什么事，让妈妈制止了。老妈，永远是一个内心善良而又体贴慈爱的女人。她知道，妈妈不想让她在电话里再重复一次痛苦。想到这，她的泪水又模糊了双眼。

火车有节奏的韵律，像小时候父母哄她睡觉的歌谣，让她的意识有些模糊。她累了，模糊中感觉像穿过时光隧道一样，开车前的一切都渐渐淡去，父母和姐姐形象变得清晰起来……

橙州市到了。

柳依然透过车窗看到了熟悉的身影：姐姐、姐夫还有自己的外甥女恰恰，恰恰长得好高、好漂亮啊。她的眼泪止不住地流下来。她知道她现在脆弱得几乎不能有任何感情的冲动。下车，她一下扑到姐姐的怀里，泪如泉涌。姐姐拍着她的后背，说："好了，好了，这不是到家了嘛，爸妈在家等你呢，都快一点了，赶紧回去吧！""小姨，别哭了，别哭了！"恰恰的声音让柳依然停止了哭泣，她一把搂着恰恰，孩子已经这么高了，她才有半年不见她。旁边的姐夫赶紧拉上柳依然的拉杆箱，走出车站。

姐夫开着车，后座上恰恰双手搂抱着小姨的胳膊，好像生怕小姨被别人拐跑一样，这孩子从小就跟小姨亲。姐姐双手摩挲着柳依然的手，什么话也没说，柳依然知道，姐姐一定是想到了父母那跟父母一起来安慰自己。姐姐比她大三岁，打小就知道护着她，姐姐手一直抚摸着她的手，她感觉那是一种最真的亲情的暖流通过姐姐的手掌传到了她身上。

其实她是不缺少爱的，只不过自己平时没有刻意地品味这样的爱。她突然醒悟了，爱情固然可以轰轰烈烈，却永远没有亲情持久、绵长、醇厚。

妈妈、爸爸、姐姐，还有其他亲人，此时，她才知道，什么叫不变的依靠。

28

远远地就能看到雅韵小区八号楼三单元 801 房间的灯光亮着。

那是柳依然父母在等待着女儿的到来，老两口是六十年代“文化大革命”前的最后一批大学生，听从党的号召分配到了三线一家军工厂一待就是几十年，军工厂如今效益很差，老两口提前内退，回到橙州市买了一套房子，与姐姐住一个小区，彼此也好照应。

门开了。

“爸！妈!”柳依然的眼泪又想流下来，她强忍着。

“快坐下，洗洗手，你爸特意给你炖的牛肉，你最爱吃的那种。”妈妈说着，拉起柳依然的手。

“咦，怎么恰恰也来了？你明天不上学吗?”柳依然的妈妈突然发现恰恰还跟在后面。

“这孩子，明天学校组织郊游，晚上听说小姨要回来，就让我非得给她请假，明天陪她小姨。”柳依然的姐姐赶紧解释。

“姥姥，我明天可以陪我小姨一起郊游，我们俩郊游。”恰恰给没有能够郊游找到了一个补救的理由。

“那也得赶紧睡觉，小孩子不能熬夜。”姥爷说话了。柳依然的姐姐赶紧安排嘟着嘴不情愿睡觉的恰恰去睡觉。

姐夫是橙州大学的教授，明天还有课，也回去了。

这里只剩下最亲的人了。

香喷喷的炖牛肉放在柳依然面前，老父亲的传统手艺，这是柳依然的最爱，可是她一点胃口也没有。

“先什么也别说，无论如何要吃点东西，吃完了再说。”父亲严厉的口气容不得柳依然有任何借口。母亲坐在她旁边，示意她听爸爸的话。

柳依然用筷子夹起一块牛肉，放在嘴里，那熟悉的味道，让她突然觉得那么亲切，她又想哭，但是忍住了，那块牛肉在她的舌尖、她的齿间散发着香气，她不能让父母为自己太着急，那是不孝，她一定要坚持着吃几块牛肉。

“柳慧，明天你有手术吗？你也睡去吧。”

“爸，明天的手术我推到后天了，去接依然前，我已经跟科里的副主任说了，他的手术明天先上。爸，妈，你们先睡吧，晚上我跟依然一个屋。”柳依然的姐姐是橙州人民医院的神经内科的主任，在当地是小有名气的一把刀。

静静的夜，柳依然默默地吃了几块牛肉，喝了几口汤，她这才感觉到有些疲惫。爸爸，妈妈，姐姐，谁也没有说话，静静地看着她。

慈爱、疑惑的目光交叉着从柳依然的脸上扫过，似乎想发现一些什么。

当她把筷子放在碗边的时候，她觉得，她应该说出来了，否则爸爸妈妈会睡不好觉的。

可是，从哪里说起呢？

29

听完柳依然的哭诉。爸爸站起来，背着手来回地踱了一圈。这是一位老知识分子，曾经是那个军工厂的技术骨干。从军工厂内退以后应聘为橙州市一个合资企业的技术顾问。爸爸思考问题向来清晰而严谨。

“然然，不是我说你，就我看来这并不是什么大事。如果仅仅看到春山跟别人喝咖啡发了一些牢骚，就大做文章，那就有些小题大做了。你不也跟你的同学在那喝咖啡呢吗？单从这个事上断定春山有外遇，我觉得还是过于仓促了些，就我对春山的了解，他可能还没有那个胆量呢。”柳依然吃惊地望着爸爸，顾不得擦眼泪了，妈妈默不做声，代表着附和爸爸的意见。

“爸爸，他还经常很晚回来，他跟办公室里的小妖精眉来眼去的。爸，你到底是哪边的？女儿在外边受了欺负，你却……”柳依然又开始哭诉了。

柳依然的爸爸用手势阻止了柳依然继续说下去，“然然，我看这样吧，你在家多待些天，观察一下春山的变化，如果他能主动过来找你，跟你解释清楚，我看你就可以原谅他。毕竟，你什么证据都没有，所讲的这些大多数都是猜测。另外，我个人意见，你不适合做家庭主妇，以前曾经信誓旦旦说做本世纪最伟大的女强人的柳依然哪里去了？现如今怎么跟个怨妇似的？你应该有自己的空间，回头跟你姐姐和姐夫商量一下，看以后怎么定位。”

“爸，你看你，依然大老远跑回来，肯定是有委屈，你不安慰人家一下也就罢了，还……”柳慧话没说完，明显的，对爸爸的一番言论有些不满，一个劲儿地给柳依然擦鼻涕眼泪。

“然然，我看先睡觉吧，明天冷静了再想想，也让妈妈想想，再给你出主意，天不早了!”柳依然的妈妈作为一个军工厂技校的老师，多年来就养成了以理服人、对孩子慈爱而又通情达理的习惯。

柳慧赶紧给柳依然准备睡衣和洗漱用品。

柳依然内心虽然感到了温馨但多少又有些失落，失落的是父母并没有想象中那样义愤填膺地跟自己一起责骂宋春山。她奇怪一路上窦娥般的冤屈，怎么好像回到家就无缘无故地消失了一半似的。

那刻骨的仇恨怎么可能会让她入睡呢?

可现实是，她的确有些累了，她的确有些困了，她的确想躺在被窝里好好地睡一觉了。

姐姐已经把床铺好了 。

朦朦胧胧的，柳依然感觉有人在向她吹气，她睁开眼睛，恰恰正趴在她床头，两手支着脑袋看着她。

恰恰上四年级了，跟小姨最好。每次柳依然回来都给恰恰买好多东西。而这些东西都是十来岁孩子所喜欢的，是平时恰恰爸爸妈妈控制着不给买的。比如，一整套《西游记》、迪士尼动画彩图。还有每年一套的各种彩笔，无数个各式各样的文具盒，以及让其他小朋友艳羡不已的原装的美国芭比娃娃套装。恰恰觉得，小姨最知道她的心，从心里她把柳依然当成了忘年交的朋友。其实，孩子是最容易沟通的，只要你懂得他们的喜好，他们就把你当成了朋友。柳依然就特别懂孩子的喜好。柳慧一直责怪柳依然无节制地给孩子买东西，柳依然给买的这些东西几乎都快装满恰恰的一个大书柜了，成了恰恰向同学们炫耀的资本。

恰恰看到小姨睁开了眼睛，有些埋怨地说："小姨，我都等你快一个小时了！"柳依然抬头看看墙上的时钟，是啊，都八点半了。她不知道怎么睡得那么死。

柳慧早早起床和妈妈一起做好了早饭。

老爸今天没有上班，柳慧请了假，一家子就等着柳依然起床吃早饭。

"小姨起床了，小姨起床了！"恰恰高兴地跑出去给大家通报。

阳光，阳光，拉开窗帘的瞬间，柳依然立刻感受到了温暖的早晨的阳光。

昨天，梦一样的昨天，过去了。

柳依然还没起床的时候，柳慧就和妈妈一边在厨房做饭，一边开始安排柳依然这些天的生活了。她们商量好了，今天上午让柳依然带着恰恰出去郊游，西山封龙公园是个刚刚开发的野生状态的公园，正好让恰恰陪她先散散心。不过，她们娘俩并没有柳依然爸爸那样的乐观，觉得男人的心未必是可靠的，同为女人，她们更能理解柳依然的担忧以及她的怀疑。现在这个物欲横流的社会，谁能保证男人永远不变坏啊。

有人敲门，柳依然妈妈去开门，柳依然的老爸和姐夫程文斌一前一后走进来。

“刚巧我要过来，遇见爸爸晨练往回走呢。”程文斌赶忙解释。

在一个小区就是方便，只要柳慧在妈妈家住，程文斌就过来吃早餐。

程文斌的老家和柳依然的祖上的老家是一个地方，老岳父岳母对程文斌有一种天然的亲切感。程文斌做事周到，说话向来有分寸，作为大学经济系的老师天然地有一种喜欢分析的个性，而且还不止如此，尤喜书法，爱好写作，怎么说呢，有一点性情中人的意思。

趁柳依然还没有睡醒，柳依然的妈妈和柳慧赶紧把他们的想法以及给柳依然今天的安排汇报给一家之长。柳依然的爸爸说：“你们的怀疑也不是没有道理，但是我还是坚持我的看法。现在不能下定论，看看这几天宋春山的表现吧。要是没什么事，宋春山肯定会打电话，甚至会亲自过来一趟，要是有什么事呢，嗯……观察观察再说吧。”然后又提高了语调说：“哎，文斌啊，我听说你不是经常搞个什么文学沙龙嘛，回头叫上然然，让她也沾点文化气息。”

“爸，什么沙龙啊，就是几个不错的朋友经常在一起胡侃，嗯，倒是比较轻松。回头我带依然过去，没问题的。”

“也不能光带她去听胡侃。你和柳慧商量一下，是协助然然再找个工作呢，还是……嗯，再读个什么研究生，进修进修，我看啊，她就是整天闷在屋里，闷出的神经过敏。文斌啊，这方面你在行，你给她点拨一下！”

程文斌有些受宠若惊，连忙说：“爸，我哪敢点拨依然啊，还是您来给她规划一下！”

柳依然还在睡梦中的时候，规划她未来的宏图已具雏形了。

楚莎莎早早地来到了维多利亚餐厅，这次请宋春山吃饭，名义上是她向宋春山表示歉意，实际上她是想探听一下宋春山跟他那个柳依然现在怎么样了。这两天，她明显感觉到宋春山对自己的好感，甚至有些依恋，呵呵，男人，尤其是结了婚的男人，唯一无法拒绝的女人的诱惑，便是这个女人拥有的他老婆所不具有的优点，这正是他所看重的，而这种看重，恰恰需要那个女人去启发和诱导，甚至需要用一些手腕。

楚莎莎非常清楚这一点。不过，她从内心并不喜欢宋春山，甚至于有些鄙视他。她之所以这么做，是因为她想要得到她想要的。女人的职业生命太短暂，她必须学会借势，她要让宋春山听命于他，提携她到主管的位置，进而她要取代他，甚至超过他。她绝不是一个随遇而安的女人，要是那样，她就不必回国了。而要做到这一点，第一步必须让宋春山对自己俯首帖耳。她相信自己做得到。

没有哪个男人能逃过她的手心。宋春山也不会例外。

想到那天发生的事情，楚莎莎对自己的所言所行很满意。其实，她在跟宋春山进入婉儿咖啡馆之前就已经发现了那个熟悉的身影——柳依然。刚看到的时候她甚至有些吃惊，她绝没有想到会这么巧。但是，她很快就意识到，这是一个千载难逢的机会，一个让宋春山对自己重新刮目相看的机会。她紧走两步，走到宋春山前面，引导他坐在柳依然前面的卡座里。而这些宋春山绝对不会想到，更不要说那个胖胖的柳依然了。

如果没有这次咖啡馆偶遇，她相信她依然会让宋春山就范，只不过可能会慢一些，曲折一些。好在天助我也，咖啡馆的偶遇对她来说只不过加快了这个进程。她不禁暗自庆幸老天的眷顾。

在 TIMES 公司人力资源部，她的资历太浅了，她不想等得太久，宋春山这棵大树必须能给她撑起一片荫凉。她要想成功，单凭自己太难了，人力资源部四个主管，哪个是省油的灯呢？她只不过是部长助理，也就相当于是个秘书。不过，她并不认为那四个主管比她强，在她看来资历老并不代表什么，甚至可能是无能的表现。一个人在主管位置上待了两年还没有升职，那只能说明能力太次，还能说明什么！招聘主管温自成和培训主管马聪睿正斗得厉害，也许螳螂捕蝉黄雀在后，她不相信没有机会，以她“周游列国”的智慧，人力资源部又算得了什么呢？

想到这里，她不禁笑了。

看看表，已经六点三十五了，宋春山还没有来。难道，会有什么变故吗？

“对不起，莎莎，让你久等了，温主管汇报延时了，我不好意思打断他。”宋春山满脸歉意。

“宋哥，别这么客气好吗？让你受这么大委屈，你不知道我心里有多难受，多内疚呢！”楚莎莎尽力用温柔的语调和满目含情的眼神表达自己的歉意。

“要不是怕公司里人说闲话，我就会一直在楼下等您下来一起走的。那个温主管太啰嗦了，头发都掉完估计这个习惯也改不了。”

“呵呵，温主管还是很认真的，别看他头发稀，年龄可不大呢，比我大不了两岁。”宋春山不想楚莎莎如此评价他的下属，毕竟楚莎莎只是个助理，她还没那个资格。

“嗯，是，温主管做的招聘流程那可真是严谨，不佩服不成！”楚莎莎感觉出了宋春山的敏感，赶快弥补。

服务生拿了菜单过来，楚莎莎麻利地点了几个菜，宋春山不禁佩服这个下属的细心，那都是他平时喜欢的口味。

“宋哥，我们都开车，酒不能喝了，那以茶代酒我先表示我的歉意。”说着，楚莎莎端起茶杯，轻轻地碰在宋春山端起的茶杯的下沿。

“不怨你，是我没处理好。真的，你不要过意不去，跟你没关系！”

“怎么能说没关系呢，嫂子跟你和好了吗？我一直为这个内疚呢！”楚莎莎说到这大眼睛里满含歉意。

“她当天晚上就回橙州市了，回她父母那了。我给她打电话她也不接，也许过几天就好了。”宋春山宽慰着楚莎莎，也宽慰着自己。

“那个跟她在卡座里一起喝咖啡的人呢？”

“我听兔子说是她的一个同学，刚好出差来这看她。哦，兔子就是我的一个哥们，跟柳依然挺熟悉的。这些都是后来兔子和他前女友告诉我的。”

“好奇怪，你那个哥们还跟前女友保持关系？”楚莎莎感到有些奇怪。

在楚莎莎的意识里，一旦是前女友了，那就意味着与过去的决裂，藕断丝连是断不可能的。她绝对会这样，她认为别人也会这样。其实，现实哪有那么刻板。她工于心计的性格，也许让她忽略了人性中那种平淡朴实真诚的一面。

不过无论如何，她发现事情并没有像她想象的那么糟糕，甚至于宋柳重归于好也是有可能的。

她突然觉得有些失望，就如同马上要达到岸边的人们突然发现那不过是海市蜃楼一样。

柳依然断然拒绝了宋春山的 N 次电话，只要是宋春山的电话她就会挂断。宋春山又发了 N 次短信，苦口婆心地解释所谓的误

会。不仅如此，兔子和晓燕也成了宋春山的专职说客，几乎每天都有他们的电话。柳依然没有拒绝他俩的电话，因为那也是她的朋友。她从中也可以了解宋春山的动向。她觉得挺有意思的，如同交战的两国总要寻求中立国的斡旋才能打打停停地寻找一个妥协方案。

不过柳依然不打算妥协，她要毕其功于一役，否则宋春山就不知道自己的厉害。当然，她也不是不担心这期间一些狐狸精们有乘虚而入的可能。有时候，她躺在床上就会想到这些，不安得几乎无法入睡。但是，她不想败下阵来。于是，她每天都给晓燕打电话，希望能知道宋春山更多的消息。

燕子说："姐，你到底还离婚不啊？怎么？看这个意思，好像有点舍不得啊，你那英雄气概哪去了？"

这话问得柳依然特别心虚。"你这个讨厌的孩子，有你这么说话的吗，常言说'宁拆一座庙不毁一桩亲'啊，你有损阴德啊！"柳依然也不客气，她也用不着跟晓燕客气，柳依然知道，晓燕就是这么个孩子，跟她从来都是没大没小的。

"姐，知道不，没有爱的婚姻是最不道德的，你到底还爱不爱宋哥啊，不爱赶紧撤吧，回头我帮你介绍个帅哥。对了，肥水不流外人田啊，我觉得宋哥不错，你再不回来，我可不客气了啊！"电话里柳依然和晓燕唇枪舌剑地开玩笑斗嘴，她慢慢地觉得似乎自己对宋春山的恨在一点点地消弭，难不成自己就这么夹生着？她有些困惑了。

这些天，爸妈一直关心着柳依然，尤其是妈妈，没事就跟她说："人家宋春山一天七八个电话地给你打，你说你给人家挂断了，至少你听听他想说啥啊，也太不尊重人家了！”

“妈，你懂什么啊，我就想知道他经得住经不住考验，当初他跟那个小妖精挤对我的时候怎么就不说了，我才不是那种记吃不记打的人呢，我就得让他知道我的厉害！”

“你够厉害的了，你要知道男人是弹簧，总有个弹性系数，超过那个系数，可就没弹性了！”

“妈，你又拿你那套弹簧理论忽悠人，我就想改改他的弹性系数。”

老妈对柳依然的任性很无奈，老爸知道了柳依然和宋春山的这个状态后，甚为自己的先见之明而自豪。一个劲地跟老伴说：“看，是不是，年轻人，没什么大不了的，我看人还是很准的嘛，然然待几天就回去吧，总不能老在娘家待着啊。”

柳依然的妈妈却不这么认为，她觉得，无论如何宋春山也得过来一趟把自己女儿接回去，按照老理，这也是给娘家人的面子啊。

不过，柳依然却不想走，不单纯是为了跟宋春山置气，更主要的是她发现了一件让她快乐的事，那就是能跟姐夫的那一帮子聊友们海阔天空地神侃，甚至让她觉得有意思的是，她还发现了个秘密——挺逗，她觉得这样的生活也不错，她还没过够呢。

柳依然第一次参加姐夫的那个所谓的沙龙，刚开始还有点拘谨，心里想，人家都是教授级的人物，自己一个小本科哪有自己

说话的份啊。所以，刚开始她并不想去。无奈老爸一个劲地让姐夫带她见见世面。她也不好意思拒绝姐夫的邀请。

说是沙龙，其实就是吃饭，不过吃饭是个平台，主要是聊天。

姐夫先把柳依然介绍给大家：“诸位，今天给大家介绍个新人啊，我妹妹柳依然。依靠的依，然也的然。”

众人问：“哪个妹妹啊，没听你说过啊。”

程文斌忙解释：“哦，妻妹，妻妹！”众人道：“哦！也就是小姨子啊！”其中一个人又道：“程老师，这小姨子有啥避讳的，还妻妹，你当我们那么有文化啊，不懂不懂。”众人大笑。程文斌也跟着笑。

柳依然看得出来，这些人熟得已经不能再熟了，说话毫无顾忌。她觉得挺好，她喜欢那种无拘无束的气氛。

“依然妹，坐姐这来。‘南浦春来绿一川，石桥朱塔两依然’，妹妹坐我这刚好就应了这石桥朱塔了。”说话的是个白净的比较丰满的女性，招呼着拉柳依然坐旁边。柳依然没听明白什么意思，怎么还石桥，还朱塔，还跟自己的名字相关呢？程文斌接下话说：“胡老师，不许专制啊，宋朝的范成大未必同意你这么安排呢。”大家笑着说：“有趣，有趣，胡老师也是程老师的妹妹，应该坐一起。”柳依然看到程文斌不自然地笑了一下并赶紧岔开话题：“今天喝啤酒啊，葛老师，上次你就耍滑头了，这次可不许了啊！”

葛老师不苟言笑，但是说话总是爱说“这个，这个”，然后才开始后面的话。此人尤喜王勃的《滕王阁序》，《滕王阁序》里尤喜“天高地迥，觉宇宙之无穷；兴尽悲来，识盈虚之有数”。葛老师认为天下万事万物无不可为王勃这两句所解释。所以，一般认识他的人，跟他聊过天的人，大多听他说过这句。这时候，就听葛老师道：“这个，这个，我想说两句啊，今天有新人来，首先应该致个欢迎词啊，看大家都很内敛，我就代个表，说两句何如?”众人大声说好，大家翘首以待，都想知道这葛老师要发表什么不俗之语。

葛老师说道：“这个，这个，柳老师……”还没容得葛老师说后面的话，柳依然赶紧站起来：“葛老师，千万别称我为老师，受用不起啊，叫我小柳，您才是我老师呢。”葛老师笑了笑，示意柳依然坐下，继续说：“柳老师，这个，这个，少安毋躁，我坚持要这么称呼你。因为在我看来，一切的称谓其实毫无用处。但是没有称谓又无法定向表述对象。一个经济学的教授未必如老农懂稼穑技术，在稼穑方面，那老农就是教授。所以社会上有人挂个教授就觉得高人一等，那纯粹是扯淡。尺有所短，寸有所长，柳老师可能觉得葛老师头发都快花白了，必然学富五车，其实这才是虚幻之象，刚才听文斌说你是人力资源专业毕业的，论起人事管理，我岂不应该称你为师……”

“老葛，远了，远了啊，等你这致欢迎词呢，怎么又上升到哲学层次了?”坐在葛老师旁边的秦老师颇有微词。秦老师是葛老师的粉丝，但是对葛老师却敢直言不讳。秦老师，长得娇小，却不漂亮，说话的时候喜欢张大嘴巴，眼睛瞪得圆圆的做夸张状，颇符合当前流行的卖萌做派，可是秦老师并不是真卖萌，她就是那种说话方式。虽然快四十了，却总给人感觉还是小姑娘呢。那葛老师其实也不老，也就刚到四十，也许太爱钻研学问了，白头发增长的势头盖过黑头发，让人觉得有五十多岁了。刚开始，他还染个发，后来干脆不染了，遇到陌生场合，先入为主地想方设法地对自己的“未老先衰”自嘲一番，大家都知道他这个毛病。不过，葛老师的确是个天才，不论“四书五经”还是天文地理，没有他不爱看的。最近一段时间还在研究《齐民要术》，据说要尝试用古法造醋。程文斌跟葛老师是至交，他尤其佩服葛老师能把那大段的经典一字不差地背下来，讲课更是深受学生好评，古代的典故信手拈来，不带有错的。他本是讲战略管理的，但是平时聊天却感觉这社会学研究得比管理学要深厚得多，经常将个小事分析到哲学层次。

秦老师的提醒，让葛老师意识到自己发言的主题，他假装生气地对秦老师说：“秦老师，你又打断我！”然后转脸对着一桌人道：“刚才大家寒暄之际，不才作了首小诗，以示对柳老师的欢迎！”众人拍手道：“好，好！”催促他赶紧给大家吟出来，让大家一饱耳福。

葛老师顿了顿，拿根筷子，“啪”的敲了下桌边。“这个，这个，那我就献丑了。”

大家都静了下来。只见葛老师微闭双目。

“ 柳伴池塘月，依山月下风 ，然尽天下事，好友自隆中。”

说完，葛老师环视大家，不动声色。似乎等人挖掘这首诗的奥妙。

大家齐声说："好！"但葛老师还是不动声色。

柳依然听得明白，这不是一首藏头诗吗，每句话的第一个字连在一起就是"柳依然好"。

她连忙站站起来，朝葛老师一拱手："葛老师，您太厉害，人说曹植七步成诗，您这出口成章，哪用得了七步，而且还是藏头诗，这杯酒我干，向葛老师表示敬意！"说完，柳依然仰头一杯啤酒入喉。葛老师这才面带笑意，冲着柳依然道："这个，这个……"

"葛老师，诗是不错，但我能提点意见不啊？"程文斌看到坐在柳依然旁边的胡老师正笑眯眯地等着葛老师回应她这个请求呢。

胡老师长得白白嫩嫩的，尤其喜欢笑，是真正的"未语笑先闻"。四十岁的人了，一说话就透着一股子天真。这天真不是装的，是真的。她对共产主义的实现深信不疑。她是教哲学的，葛老师整天将生活上升到哲学层次，那是实践，胡老师的哲学那可纯粹是理论。这也正是程文斌特别欣赏的地方。当今社会，还有几个人能像胡老师这么可爱啊，胡老师绝对是可以可爱一辈子的人。

所以，胡老师给葛老师提问题，没人怀疑是开玩笑。

“当然，当然，请指教！”葛老师客气异常，但心里早做好了捍卫真理的准备，一听到胡老师要提意见，像要战斗的公鸡，下意识里竖起了战斗的鸡毛。

“葛老师，首先我声明不懂诗啊，只知道些皮毛，所以这是请教啊，绝不是指教！你的前一句是‘柳伴池塘月’，至少下一句应该是‘山依月下风’吧？你用的是‘依山月下风’，当然可以应了依然的名字，但是明显既不对仗又有些牵强啊。”胡老师果真可爱，笑眯眯地依然那么认真。其实，这个场合作诗本就是应景逗个乐子，哪有那么认真。可爱的胡老师却从来都是认真的。

葛老师听到这个问题，心里一下子坦然了。“这个，这个，对仗啊，讲求工对和宽对，工对就是严格对仗，词性都不能不一样；这宽对呢就不同了，宽对是形式服从于内容。诗人不应该为了追求工对而损害了思想内容。同一诗人，在这一首诗中用工对，在另一首诗中用宽对，那完全是由具体情况来决定的。陈子昂的‘匈奴犹未灭，魏绛复从戎’，李白的‘渡远荆门外，来从楚国游’就是这种情况。”

“老葛解释得好，给我们普及了一下诗词知识啊，好，鼓掌！”程文斌等老葛说完立刻带头鼓掌。

众人附和。

柳依然听着这些人聊天觉得轻松而自然，甚至让自己忘记了世俗的烦恼。然而，世俗的烦恼却没有忘记她，婉儿咖啡屋发生的情景一直挥之不去。

这是怎么了啊，她真的怀疑自己是不是太鼠肚鸡肠了。但有时候一想到宋春山的种种“恶行”又恶心痛恨得不得了。

参加了几次沙龙，虽然让自己的身心放松了很多，但总有一种隔靴搔痒的感觉，治标不治本。不过，她跟胡老师成了好朋友，胡老师练了好几年瑜伽，看到胡老师四十岁的人了还能那么柔韧，柳依然心生羡慕。不久，柳依然就成了胡老师的徒弟。

一个星期下来，她吃惊地发现，自己竟然瘦了五六斤。虽然对于她那胖胖的身体显得微不足道，但这让她对美丽的憧憬重拾起了信心。

不止这个收获，她跟胡老师在交往中成了好朋友，收获友谊的时候，她还意外地收获了一个秘密，这个秘密说大不大，说小不小。藏在心里怪痒痒的，她不知道该不该说出来。

柳依然的这个秘密其实也算不得秘密，不过她觉得挺有意思，不知道告诉了姐姐会不会让姐姐吃醋。

她感觉胡老师特别喜欢姐夫。

说是喜欢，但是在他们文人堆里，这喜欢似乎又有另一种味道。崇拜？仰慕？欣赏？红、蓝颜知己？她也说不明白。第一天沙龙酒会上她就发现有些奇怪。接触胡老师多了，她发现胡老师特别爱谈论姐夫。说姐夫写的诗歌有点顾城的味道，但是也不全是，似乎是和海子的结合体。她不懂诗歌，但看着胡老师那么认真地分析，还以为在分析什么大家的作品呢。胡老师还说姐夫的文笔细腻，杂文也写得棒，从一滴水珠就能映照整个社会。还说，姐夫的小说中人物的刻画太生动了。胡老师的话，几乎推翻了柳依然以前对姐夫的印象。在她的印象里姐夫不过就是个稍微有点刻板、说话中规中矩的大学老师，没听姐姐说过他还会写什么诗，写什么小说啊。后来，参加了几次他们的聚会，才知道原来姐夫在他们圈子里还挺德高望重的呢，怪不得姐夫周围有一帮那样的朋友。

胡老师说话从来是言为心声，直来直去，她觉得跟胡老师在一起特别轻松。她现在忽然明白为什么胡老师皮肤那么好，脸又白又嫩，因为她心里简单，从不把社会想象得那么复杂。人简单了就没那么多烦恼，没有烦恼就年轻。

也不光是胡老师喜欢姐夫，从胡老师的嘴里，她听出来，姐夫烦恼的时候也常找胡老师聊天。还说，有一年冬天下了大雪，姐夫好像遇到一件不顺心的事，俩人在汉河公园的冰天雪地里溜达了两个多小时。胡老师说这事的时候，那么轻松无意，就像说一个同性朋友，无关风月。

可是，这却让柳依然吃惊不小。在她的印象里，姐夫跟姐姐是多么和谐、幸福的一对。没想到姐夫却还另有红颜知己，有了烦恼不是告诉姐姐而是与红颜知己共享。这让柳依然从心里怎么想怎么觉得别扭。

可是，看到胡老师毫无介意和防备地直言不讳，她又怀疑自己是不是太世俗了。这知识分子的阶层是不是与常人不同呢。

要知道，胡老师告诉的可是程文斌的小姨子，柳慧的亲妹妹啊。是啊，这样的事情一般人藏还怕藏不住呢，怎么可能还告诉别人，而且是最相关的人的亲妹妹。这个人要么是圣人要么就是狂人。

想来想去，她宁愿把胡老师归为圣人一类。

圣人就可以不拘泥于世俗的伦理吗？如果把姐夫和胡老师归为圣人一类，那姐姐又是什么呢？那姐夫的心理世界是不是一分为二，锅碗瓢盆的世俗之事跟姐姐共享，想玩高雅，寻找精神安慰就与红颜知己倾诉？呸！什么好事都让男人占了，这与把老婆当成保姆又有什么区别！

可是，每当她跟胡老师在一起的时候，她却又恨不起来，她甚至觉得胡老师说话是那么无所顾忌，心如浮云般的毫无羁绊，怨不得姐夫有这么个红颜知己呢？

她决定保守这个秘密。

柳依然与胡老师几乎天天黏在一起，白天除了胡老师上课，晚上除了胡老师陪孩子陪老公，柳依然没事就去找胡老师。

整天跟胡老师在一起另一个最大的收获就是，柳依然练瑜伽练得炉火纯青，减肥效果奇佳，已经掉了十多斤肥肉了，这让她喜不自胜。这样的日子真好，见鬼去吧，宋春山，姑奶奶离了你活得更自在！她真有些乐不思蜀了。

胡老师还告诉她，明天安总要跟他们聚会。

"安总是谁?"

胡老师说："去了你就知道，这家伙是个房地产商，身价上亿，可就这么个人物，竟是葛老师的小跟班、铁杆粉丝，葛老师训他的时候跟训三孙子似的。"

真逗，柳依然想，这世上真是什么怪事都有啊！

她一定要见识见识这位安总，看看他到底是何方神圣。

38

有人说，痛苦中时光的长度是快乐中时光长度的三倍。

宋春山刚开始的时候确有这样的感觉，他在柳依然回去的一周内的确度日如年。他不知道为什么偏偏他的人生会如此灰暗。他拨了无数个柳依然的电话，柳依然挂断了无数个，他咬牙切齿地痛恨柳依然的无情，又咬牙切齿地痛恨自己的没志气。好在他还有个好哥们对他不离不弃，那就是兔子。

兔子从原公司辞了职，跟一哥们合开了个装饰公司，如今房地产极火，房子买了就得装修啊，装修市场是大有潜力的。要不说兔子聪明呢，事业虽然刚刚起步，但是见得着的业务一个月比一个月多。

有一次宋春山跟省人力资源市场签完协议，顺便在市场上转转，一眼就看到兔子这小子人模狗样地在一个很大的展台前招人呢！展台被围得水泄不通，兔子西装革履，满头大汗地应付着一个个应聘者。

这小子，看来要发达啊！

兔子虽然为了新的事业忙得要死，但是并没忘了他的老学兄正在困难中行军。知道柳依然不在，有时候深更半夜了，兔子提着瓶酒、兜着点菜就过来找宋春山喝几盅。

朋友的温暖是冬天里的太阳，宋春山甚至觉得刘备所倡导的“妻子如衣服，朋友如手足”简直是至理名言，如今自己的衣服没了，指不上了，光着身子只能靠这手足给点温暖活命了。

有人按门铃，宋春山抬头一看表都快一点了。肯定是兔子，这个点儿没别人。

“哥，今晚又得在你这安营扎寨了啊。看见没？五粮液，今晚哥们跟你大战五百回合，一醉方休！”

宋春山没理他这个茬，一边开门，一边反问道：“你带袜子了吗？你留我这的臭袜子有八双了，连穿带顺走的，你拿走我二十双袜子也不少，是不是又没袜子了？”

“哥，等嫂子回来一并给洗了不得了，这段时间的所有东西都有纪念意义，嫂子回来了没准会永久收藏呢。”兔子嬉皮笑脸地钻进来。

宋春山真是拿他没办法。

可是，他此时也真离不开兔子，他希望能像兔子那样活着，活得那么有滋有味。

有病乱投医，他甚至想从兔子这取取经，人该怎么活着啊！

TIMES 公司将在华扩张业务，将整个原来的中国区，分成五个区独立运作，直接向中华区总经理负责。原负责大陆业务的中国区总经理斯蒂格，调任中华区总经理，管理包括大陆和台湾的

业务；大陆五个区中，由原来的副总詹姆斯和威廉任华南区和华东区总经理；另外的华北区、东北区以及西北区的三个总经理从原中国区各部部长中选择。

TIMES 公司的结构进行大调整，岗位微调一律冻结。

拿到这个文件之后，楚莎莎凭着敏锐的嗅觉，知道这对自己来说绝对是一个机会。

楚莎莎轻轻地敲了敲门，里面没人，她把文件放在宋春山的办公桌前。

她的心情既激动又紧张，她相信只要运作得好，人力资源部主管的职位应该有她一份。但是，她非常清楚，要想成为人力资源主管，必须有自己直接上司的推荐，而且要求在原岗位任职达到三年，她仅仅来了两年，但是她相信只要宋春山竭力推荐她，工作的时间短并不是问题，外资公司向来注重能力，对于她服务期不满三年的这个不足，只能靠上司的大力推荐才有可能成功。

这需要她能紧紧地抓住宋春山，让宋春山不遗余力地推荐她。

她也非常清楚，论能力和公司的人脉，宋春山非常有可能成为三个区的某个区的总经理。他要是真的走了，虽然从长远看对自己不是坏事，但是短期并不会有直接的利益，因为他绝对不会带着自己走的。最坏的可能是，如果在他走之前没有把自己推荐成功，那么以后新的部长对自己会怎么样就很难说了，而且从零开始要重新经营和部长的关系，这样成本也太大了。

想到这些，楚莎莎感觉心脏像是被什么东西揪在了一起，就连呼吸都有些沉重。

在楚莎莎看来，自己的能力有目共睹，但是问题是，现在人力资源部的主管位置没有空缺。四个主管，有可能会升职么？如果宋春山不走，那空缺的机会不可能有，宋春山要是走的话人力资源部长的职位有可能从四个主管中产生吗？她的头脑里快速将四个主管一个个过了一遍。

温自成是招聘主管，资格最老，几乎成了老油条，太过于聪明而被聪明所误，处处彰显自己比部长还高明，呵呵，有几个部长会喜欢这样的人？她相信宋春山绝对不会让这样的人接他的位子。

马聪睿是培训主管，一个帅哥，海归，只比她入职早几个月，浙江诸暨人，跟大美人西施是老乡，也许是这个缘故，女朋友走马灯似的换。跟公司里的女孩们眉来眼去的，尤其是公司午餐的时候，几乎众星捧月，周围都是美女。楚莎莎绝不凑这个热闹，在她看来，马聪睿不过是个花花公子，心思没在工作上，却学会了欧美人打情骂俏的技术。宋春山好多次批评过他做的培训方案缺乏实用性。可是，马聪睿却自视颇高，觉得在人力资源部除了宋春山也就是他厉害了，这让温自成颇不以为然，马聪睿多次到宋春山那弹劾他，培训缺乏针对性，他招聘来的人有些还在培训期间就辞职了。

剩下的两位女性，一位是薪酬主管马老太太，另一位是绩效主管杜小雅。这两个人是宋春山的心腹。马老太太年龄大也便罢了，这个杜小雅，想到她，楚莎莎突然觉得这个人太有城府了，她从来都是笑眯眯地跟人说话，那笑容的背后却永远让人猜不透她内心到底是怎么样的。

电话响了，把楚莎莎几乎吓了一跳。“莎莎，我刚从公司总办开会回来，文件我看到了，通知各主管来我办公室开会，你也要参加。”是宋春山的电话。

一场狂风暴雨的斗争也许就要开始了。

40

快下班了，手机响了，是兔子的电话。

“哥，是我，兔子。今晚别安排别的啊，今晚老弟请你皇宫大饭店一条龙啊。”

“干吗？是你嫂子让你考验我呢吧，哥不吃这套啊。”宋春山觉得好笑，皇宫大饭店是省会有名的豪华娱乐场所，吃喝玩乐一条龙，那服务档次和小姐的漂亮程度，圈里人尽皆知。据说，比倒台前的“天上人间”一点不差！宋春山虽然不是柳下惠，但绝不会干这下三滥的事。

“哥，不是这么回事，给个面子行不？今天我……”宋春山打断了兔子的话。“兔子，你是不是有钱烧的啊！不去!”宋春山斩钉截铁，心想兔子这小子怎么也这德性啊，有点钱就烧包啊。

“哥，听我说完好吗？我不是请你喝酒，是请你救急，跟我合伙的那哥们郑一鹤约了市城管局后勤处的苏处长和财务处的张处长，一起吃个饭，想拿下城管办公楼改建后的装修工程。听郑一鹤说，这俩孙子都是酒桶，我俩估计对付不了他们，才请你救急的。哥，我先声明啊，是救急啊，来不来看你吧!”兔子说完挂了电话，宋春山有些犹豫了，是啊，这个工程可不是小活啊，对于刚刚起步的兔子的公司那可能是一个关键项目，拿下了，那可能很快就能上层次。危难时刻见真兄弟，宋春山只好答应。

约好的是六点半。宋春山六点下班，赶紧往那边赶。没想到，路上倒不是很堵，真难得。

车还没停好呢，就有侍应生过来给开车门。

“先生，您是吃饭、洗浴还是一条龙?”宋春山有点蒙，果然高级，还分得这么清楚啊。

“啊，这个，定的房间是贵妃醉。”宋春山只记得有个什么贵妃醉，只好把兔子发到他手机上的信息给侍应生看，“哦，那就是一条龙了，您请，大厅坐电梯到二楼，有迎宾小姐送您。”

侍应生一溜小跑地赶到宋春山前面给他开门，里面的迎宾小姐苗条秀气。

“先生哪个房间?”迎宾小姐面带微笑地问。

“贵妃醉。”

“二楼贵妃醉贵宾已到!”一楼的迎宾小姐通过耳麦告诉二楼的迎宾。

宋春山跟着迎宾小姐走向电梯，迎宾小姐旗袍开衩奇高，两腿前后行走间，里面的风景若隐若现，让宋春山有些心旌摇荡。这不行啊，怎么这点定力都没有呢?后面的考验还严峻得多呢，宋春山对自己这点出息有些鄙夷。

兔子和另外一个人已经到了。

“哥，我介绍一下，这是郑一鹤，我铁哥们儿，那个阳光水岸装饰有限公司就是我哥俩的。”郑一鹤赶紧伸出手来跟宋春山握手，满脸堆笑。“你是兔子的哥，也就是我哥，早就听兔子说过，你比他亲哥还亲！”

“呵呵，是，兔子就没亲哥，就他一个，我就屈就当了他亲哥了。”宋春山幽默了一下 ，他看到这郑一鹤三十多岁，五大三粗的，像黑社会的打手，伸出的手臂上还文着条郭德纲所谓的“带鱼”。他下意识地皱了下眉。兔子似乎发现了宋春山这个举动，他太了解宋春山了。“哥，一鹤是我初中同学，在这混了多年了，黑白两道通吃，省会以及周围没他摆不平的。他跟市局的苏处长也是老铁了，不过，你也知道，当官的再铁也得要面子，走程序，今天把你请来，给我们兄弟撑撑面子啊！”

郑一鹤赶紧接过话：“哥，自己人不说外话，兔子跟我是好哥们儿，以后有啥事用得着小弟的，言语一声，老弟不敢说让哥哥满意，但是蹚平点事儿，我还不至于让哥哥笑话！”

宋春山朝郑一鹤拱了拱手。

“一鹤兄弟，预谢了哈，我就一个公司的搞人力资源的，实在是有缘相识，很高兴认识啊！”说着，三人落座。

宋春山没想到兔子还有这样的同学，转念一想，的确，这个世道，没点这样的关系，想做大企业那不是扯淡吗。兔子能有这样的同学帮他，那也是生存需要，发展需要，没什么大惊小怪的。

宋春山抬手看看手表，已经六点三十五了 。

门开了的同时，宋春山看到的是迎宾小姐正躬身伸手请两位客人进屋。

前面的这位器宇轩昂，目不斜视，表情严肃。后面这位大腹便便，大圆脸不小，五官却像是聚在一起开会，城管队伍里没想到还有这么丑的领导。那位五官开会的领导好像跟这位迎宾小姐很熟。“小玉啊，几天不见，你又漂亮了!”“谢谢领导夸奖，还不是沾了领导常来的光!”宋春山觉得有点恶心，这对话怎么感觉像电影里秀春楼里的台词啊。

兔子和郑一鹤赶忙起身。

郑一鹤快步赶到先来的那位领导面前。伸出手去，手都快伸到对方的手指前了，对方才好像不情愿地慢慢抬起手，伸出个四个并排的指头，有气无力地给郑一鹤握一握，好像西方贵妇人跟生人见面，亲吻手背一样。

“苏处长大驾光临，不胜荣幸！请！请上座!”

说完，郑一鹤转身又跟后面那位五官开会的领导握手。“张处长，有日子不见了，上次在我家老大那喝酒，您的海量可把我家大哥给镇住了啊!”“五官开会”顿时满脸笑容，那五官也好像聚在一起说悄悄话一样，分辨起来都难了。

“哈哈哈，哪里，哪里啊，你大哥送我的那串佛珠真不错，净慧寺的老和尚说是海南花梨的，难得难得，可惜让我内弟给抢去了。”

郑一鹤赶忙说：“不怕，回头我跟大哥说说，看看还能寻下一串新的不，给您送去。”

“你可别忽悠我啊！”张处长一边入座，一边抬起一根手指，指着郑一鹤半开玩笑半认真地说。

“不会，不会，我哪有那个胆量忽悠张处长啊。苏处长，您对佛珠也感兴趣不，也送您一串。”郑一鹤满脸堆笑地征询苏处长的意见。苏处长抬了一下眼皮，不紧不慢地说：“都是附庸风雅，附庸风雅！”这句话弄得郑一鹤一时不知道怎么回答了，顿了一下，忙说：“我知道苏处长擅长书法，是省书协的理事，真让我们这些粗人佩服！”苏处长这次眼皮都没有抬，倒是张处长补充说：“岂止理事，理事长，副理事长！”这时候，苏处长才又抬了抬眼皮。郑一鹤赶忙说：“对不起，对不起！我们都是些粗人，登不上大雅之堂，不懂这些不怪吧？”算是自我解嘲。

郑一鹤又一个个地介绍了兔子和宋春山，领导安稳坐着，只是含笑点头示意。宋春山更是懒得去跟他们握手。

酒至半酣，突然，电视剧《西游记》里猪八戒背媳妇的旋律从一部手机里传出来。是苏处长的。听得出来是位女士打过来

的，好像问苏处长在哪，苏处长告诉了对方吃饭的房间。然后，抬起眼皮先对张处长说："老张，秀秀和珊珊来了，秀秀开车，一会咱们的车让珊珊开回去，今晚喝了不少，给老婆打电话，就别回去了。"张处长面有难色地说："昨天就没回去，今天好像不合适吧？"苏处长突然眼皮抬得老高，瞪着眼睛看着张处长。"老张，你怎么这么不开窍啊，前几天局里不是才开会说，为了社会和谐稳定，局里任何中层领导都要做好牺牲正常休息的准备吗，家里老娘们儿懂啥啊！"苏处长这么一说，张处长伸出大拇哥，挤眉弄眼地冲苏处长笑了笑，意思是很佩服苏处长的智慧。

两位女人的到来，借着酒劲增添了酒桌上的和谐气氛。苏处长和张处长好像变了个人。这两位女人好像跟两位处长都很熟。她们大概二十七八岁的样子，长得模样倒是都不难看，但是一看就是酒色过度，脸上不是那么光鲜。女人不喝酒，却一个劲儿地敬兔子他们喝，看得出来啊，这都是酒场上的老手，没准都是处长们豢养的酒场保镖。

那个叫秀秀的长着一双媚眼，跟苏处长说话的时候，眼里就像生了火，柔情无限。"苏处，哪天借您的金身到我店里看看啊，再不来，门您都不认识了。"

秀秀多少有点发嗲地跟苏处长套磁。

"秀秀，你们那是美容院，我一个老头子哪好意思老去啊，回头你改成健身房，我天天去！"

"讨厌吧你，你给我投资建健身房啊，说好了啊，你投资，说话不算数你是小狗。"说完，满目娇嗔含情地看着苏处长。

苏处长笑眯眯地满口答应，眼皮好像再也掉不下来了。

那个叫姗姗的凑在张处长耳边说悄悄话，张处长说起悄悄话，他那五官也赶紧发挥功能陪着说悄悄话，或喜或惊，别有一番风景。

过了个把小时，两个女人拿了车钥匙，一步三摇地走了。

宋春山还好，一直坚持着，为了哥们，他舍生取义。该喝的喝，努力学着献媚，他知道，这两位对兔子的项目都握有生杀大权。不管他多么不愿意，也不能坏了兄弟的事业。

晚上九点多了，领导们似有倦意。郑一鹤给兔子使了个眼色，兔子明白，该下一个环节了。

已经是凌晨一点了，歌厅里的娱乐才算告一段落。每人又喝了八瓶啤酒。苏处长和张处长由郑一鹤陪着去洗浴，以及做后面的按摩一条龙了。

兔子和宋春山明天还要工作，提前告辞了。

兔子喝了也不少，两人都不能开车了，车就停在了皇宫大酒店，他俩打了一辆车回家。宋春山觉得自己还能顶得住，看兔子已经有八分醉意了，他把兔子塞到车里，兔子头就歪倒到一边快不省人事了。

车走到半路，兔子要吐，司机赶紧停车，打开车门的同时兔子哇哇的像喷泉一样就喷了出来，宋春山扶着他，心想，做个自己的事业也真不易！

兔子吐了以后反倒话多了起来。“哥，你说，嫂子走了，你痛苦，可是你比起我来，这算个屁啊！”兔子闭着眼睛跟宋春山说话，看起来是挺难受。

“那帮王八蛋，都不是东西，你看那个苏处长，唱歌的时候手就没离开过小姐的胸，恶心！”宋春山说：“你给他们俩叫个陪唱的小姐就得了，怎么还给咱们请了两个，你我都不会唱歌，这不是浪费吗，光让她们给你糟蹋啤酒了。”

“哥，你，你不知道，这是规矩，你要不找陪唱小姐，人家领导敢吗？人家会认为你不真诚，这是道上的规矩，你们搞人事的不懂这个？”宋春山听着心里不太高兴，但是觉得这真是兔子的酒后真言，倒是这么个理儿，也就不跟他计较了。兔子接着说：“唱歌陪唱算个啥，一鹤后面给他们安排的会更他妈邪门，你知道吗？两个色鬼！唉，谁让咱们求着人家呢？也是道上的规矩啊，规矩。这还不算，后面真要拿下这个工程每人还得给这个数。”说着，兔子翻着白眼，伸出个手掌，翻了两下。宋春山懒得知道这是个啥数了。

唉，看来谁也不容易啊！

车到了小区，直接开到楼门口，宋春山扶着兔子进屋，兔子又在洗手间吐了半天，后干脆倒在马桶上不起来了，吐得东西都没了，全是胆汁了。

宋春山反倒清醒了，他一边照顾着兔子，一边思考着。姑且不说兔子做得对不对，为了自己的事业，必须不计成本地付出身体、金钱、尊严甚至灵魂。一切正常的程序反倒走不通，一切不正常的反倒成了正常。潜规则代替了明规则，今晚的一幕幕让宋春山感到有些失望，感到一阵阵压抑，压得他透不过气来。

以前，也不是没听说过这些，只是没有这么切身地感受过，他只需要干好自己的事，管好自己的一亩三分地就行了。现在看，自己付出再多，也没有兔子付出的多。

这让他感到无比的困惑和无奈。

想到自己，公司马上就要在他们部长间遴选三个区的总经理了，他肯定会试一试的，他也很自信，可是今天的事让他突然觉得事情不是那么简单，他的自信看来更是一种自大。这毕竟是中国，这毕竟是在中国经营的外资，是中国人在竞争，那么谁能保证在那些遴选的公司领导中就没有像苏处长和张处长这样的人呢！

想到这里他觉得有些丧气，抬起头，突然看到墙上他和柳依然的结婚照。照片里漂亮年轻的柳依然正甜美地冲他笑。想到现实的他，想到他对柳依然的百般依从、万般宠爱，如今却落得这么个下场，他内心一阵悲凉，一阵酸苦，竟“哇”的一声哭了出来。

趴在马桶上干呕的兔子被宋春山突然的哭声惊呆了。“哥，哥，你怎么了?”

45

是那有雾的清晨
你进入了爱的眼睛
看你消逝的背影

怅然若失

我离你很远

心离你很近

是那缥缈的黄昏

偶遇让我惊神

你含笑的颔首

却让我

幸福地逃遁

梦离我很远

你离我很近

程文斌打开博客，就发现有人用诗给自己留言。在这篇小诗后面还有一行小字："你不可能知道我是谁，但你却永远住进了我的心里。"留言的人网名叫"绝迹红尘"，他回访"绝迹红尘"的博客，是新注册的，依然只有这首诗。是谁在开玩笑？这是程文斌首先想到的。他把所有可能的人在脑海里转了一圈，也没想出是谁来。

"这能是谁呢?"很明显这是一首情诗啊，程文斌的博客是对外公开的，甚至于他的名片上都有博客地址。博客里有他平时写的一些杂感、散文，甚至一些专业文章，甚至有些讲完课的讨论题目也留在博客上。博客上的好友和陌生人太多了，他实在想不出可能是谁。他打电话给老葛："老葛，你没在我博客上写诗吧?"老葛似乎不是在睡觉就是正在研究一个什么哲学问题，还没从那意境里走出来呢。"什么诗？你的博客，这个，这个，我闲得慌啊我!"

"有人给我写了首情诗在博客里。"程文斌赶紧给他解释。老葛突然有了兴趣。"啊，这个，这个，谁啊，你梦中情人啊?"

"狗屁梦中情人，我还纳闷呢。我这是公开的博客，让同事、朋友、学生们知道了多不好，你说我怎么着?"

老葛听得出来程文斌有些着急。

"你打算怎么着呢?"

"删了!"

"删了，删了就是此地无银了!"

"怎么可能还有这事，要是让柳慧知道了，还不跟我急啊!"

"呵呵，这个，这个，好事啊，说明有人暗恋你啊。"老葛开玩笑地说。

"屁好事，怎么会有这事，怎么处理?愁死我了!"程文斌很着急。

"'自在飞花轻似梦，无边烟雨细如愁'啊。"老葛吟了一句秦观的诗。

"你是不是幸灾乐祸啊你，真不够朋友!"程文斌责怪老葛这时候还拿他开涮。

"老程，你要是不想惹事，就随她去，别理她，越理越来劲!"老葛出了主意。

也只能如此了。

程文斌仔细地分析着这首诗，从诗里的内容看，他感觉这应该是认识他的一个人。甚至于可能是生活工作在他周围的人，或者有时候还可能经常见到他。不管他怎么想却依然没想出是谁。

让这首诗就这么挂着？他觉得不好，至少是影响不好。

他决定不听老葛的，坚决把它删了。他觉得这样做，会向那位写诗的人表明个态度：一是他不喜欢这种方式，二是他对诗人也不感兴趣。另外，他还决定给那个“绝迹红尘”的博客里留个言，写什么呢？就写“对不起，谢谢你的厚爱，本人洁身自好，万望不要打扰！”刚要把这几个字敲进去，他突然觉得不合适：自己洁身自好，大有影射人家是风尘女子的味道，不合适，不管怎么样，不能不尊重人家。于是又改成“对不起，谢谢厚爱，本人心无旁骛，敬请勿扰！”嗯，他觉得这句话很得体，既说明自己无心儿女情长，又很有礼貌。他很得意自己这样的表述，自以为从此天下太平。

于是乎，他一按删除键，那首诗就从他的博客里消失了。

诗是消失了，可是诗人没有消失，程文斌似乎高兴得有些太早了。

周四上午的三四节，程文斌和老葛都有课，两家离得不远，他俩约好一起骑车回家。

程文斌三四节课连上，中间没休息，提前了十分钟下课。从第二教学楼走出来，到第一教学楼门口空地上等老葛。

老葛迟迟不现身，下课铃都响过十分钟了，还没见身影。程文斌掏出手机正要拨。老葛被一群女生簇拥着出来了。程文斌正打算骑车往家走，却看到老葛立在第一教学楼门口不动了，一群女生叽叽喳喳地围着他说话。

刚开学没几天，有啥疑难问题，问个没完？程文斌有些不耐烦了。正在此时，女生们散了，老葛迈着四方步走过来，开了自行车锁，才说："对不住啊，这个，这个，这班孩子求知欲咋就这么强呢？这孩子们还要请我吃饭，这事闹的！"看得出来，老葛嘴上这么说，心里还挺得意。

"得，她们走得还不远，你赶紧陪美女吃饭，我自己回家。"程文斌一边揶揄老葛一边转身就要走。

老葛看出程文斌有些不高兴，赶忙赔不是。"程教授，这个，对不住啊对不住！孩子们有问题，我总不能赶人家吧，非为师之道啊，你要理解啊！"

"屁为师之道啊，一个破管理学，讲了还没两周呢，前言还没说完呢吧，能有啥问题啊，你是不是又拿《滕王阁序》忽悠人家了？"

俩人互相扯着淡，回家。

"哎，对了，老程，安老板请咱们吃饭的事你可别忘了！"

"哦，是哪，是个什么山庄？"

"嗯，豆蔻山庄。这厮非得安排那么老远，说是清静，便于天马行空。人家两星期前就安排了，可不能不去啊。对了，这厮还说，希望携家眷前往，反正是周末，带着孩子老婆度度假，据说呢，温泉、游泳池、采摘园啥都有，家眷们玩得高兴，咱们乐得逍遥。"

"有钱就是好啊，咱们读了这么多年书，不说皓首穷经也是十年苦读吧，最后还得靠人安老板施舍。可悲吧！”程文斌一阵感叹。

“他有钱怎么了，有钱他在我面前也是个三孙子，我过去是给他面子，不是觉得他这人向往春秋大义，有人请我我还不去呢！”老葛一脸的清高。

“行，你厉害，我服了你。”

走到快分手的地方，老葛提醒程文斌：“别忘了，这个，这个，这周五下午六点半，安老板两辆车接咱们，春风路路口东南角。”

“知道了！”

程文斌心里盘算着柳慧的值班时间，嗯，应该那天不值班，恰恰周末就不参加辅导班了吧。这次把她们娘俩带上吧。

是程文斌提议的：家眷们一个车，他们这些沙龙的成员们一个车。

家眷们说：“怎么了，我们就低人一等啊？”安老板赶紧说：“不是，不是，让嫂子们、孩子们坐我的加长林肯，盛得开，那车可接过副省长的，副省长待遇。教授们坐我的大奔吧，凑合点啊，我亲自开。”安老板果真是场面上的人物。一席话说得个个高兴。

柳依然一定要跟胡老师一个车，不想做家属。胡老师也高兴有个徒弟陪着，就上了安老板的座驾。

说是家属，其实没男家属。就程文斌和老葛一家子来了。胡老师、秦老师孩子都没带，更别说老公了。对了，还有个崔老师，崔英老师，翻译学院教历史的。程文斌看不出崔老师的年龄，反正是挺漂亮的，是个美女老师。崔老师是葛老师的粉丝，以前老葛不止一次提起过崔老师，说崔老师又漂亮又懂事，还挺有学问。不过，程文斌是只闻其名不见其人。这次可见到真人了，暗自佩服老葛这审美的水平还真不低。崔老师带了个十来岁的小男孩，她和孩子跟家属们坐一个车。

汽车一路飞驰，拐进了西山的一座别墅群里。

风景真不错，九月末的天空湛蓝湛蓝的，大道两旁的毛白杨叶子依然绿得发黑。

车子停在一个很大的别墅前。下了车，程文斌才看清楚，这是一座私人别墅，别墅的门是欧式的，两个门卫穿着制服出来，立正给安老板行了个礼，然后麻利地给开门。

程文斌他们走近了才看见在门垛上镶着个琉璃牌子，上面写着“豆蔻山庄”。

还没等程文斌说话，老葛就嚷上了：“安老板，怎么个意思？这是你家的私家府邸啊，安府啊？”安老板有些不好意思地说：“葛老，正是不才寒舍。”老葛一听更来劲了：“安老板，您这要是寒舍，俺是不是住的就是猪窝了，啥意思啊你？”

没容得安老板说话呢，就看里面走出个三十多岁的女人，带着两个孩子，一个十五六岁，一个七八岁。女人面带微笑地走过来。安老板赶紧跟大家介绍说：“这是我家贱内和稚子。”女人更加笑盈盈的，说欢迎大家来做客。

程文斌看着，怎么觉得这么面熟，好像在哪里见过，一时又想不起在哪。孩子们一窝蜂地跑进豆蔻庄园，妈妈们紧随其后。

程文斌问安老板：“安老板，你这是啥时候置办的个宅子啊？怎么以前没听你说过啊，刚一说豆蔻庄园，我还以为是个宾馆呢。”

安老板笑了笑说：“程教授，这不是才装修好嘛，就赶紧把你们两位请过来了，给品评品评，就怕你们说我俗。”

程文斌也笑了笑：“大俗就是大雅啊！”

九月初的天，黑得还没那么早，晚霞映照下太阳的余光洒在这个大宅院里，增添了一份艳丽。

孩子们也没见过这样的庄园，在院子里疯跑，妈妈们被庄园的豪华与别致惊得一声声赞叹。

安总说先陪着大家走走看看。

一条小溪从远处曲折而来。一座很大的游泳池在别墅的左侧，形状依地势自然而建，像个池塘，但是塘水却晶莹透亮，两边的银杏和古槐随意地矗立在起伏的青草地上。“梅花鹿，梅花鹿！”孩子们惊喜地喊起来，几只梅花鹿被孩子们的喧闹惊到了，四散跑了。安老板解释说，孩子们喜欢，就在院子里随意放养了几只梅花鹿，还说一会儿还会看到小兔子呢，孩子们又高兴地到处找小兔子去了。再过去就是一座真的池塘和假山，虽然是假山，却设计得跟真山一样，一条小瀑布从一处悬崖上垂下来，瀑布后面的崖壁上写着“云烟雨雪”，程文斌不知道这是不是有什么典故，正想问问安老板。老葛此时开口道：“云烟雨雪银河虹，玉尘冰縠珠帘栊。万象变幻那足比，若涉拟议旨非工。”惊得一旁的柳依然瞪大了眼睛，说：“葛老师，您堪称诗圣啊，随口成诗啊，佩服死我了！”一边的崔老师却不紧不慢地说：“这是清朝乾隆年间的进士阮元的《大龙湫歌》，安老板取的这四个字好有意境啊！”葛老师赞许地冲崔老师点点头。柳依然有些不好意思地红了下脸。安老板却是一脸的震惊和佩服，赶紧握着葛老师的手。“葛老，你们都真是高人啊，高人啊！来我这儿的有学问的人也不少了，没一个人不问我什么意思的。今天真是遇到真高人了！”握了葛老师的手又想去握崔老师的，看到崔老师正一旁跟孩子说着什么，这才作罢。看得出，安老板着实被二位震了一下子。程文斌心里有种说不出的感觉。

据安老板说这占地近两千平方米的豆蔻庄园是由香港的设计师设计的，取了中西合璧的设计风格，但又绝对避免不伦不类。的确，这样的庄园柳依然是第一次来，老葛和程文斌他们也是第一次来。

天，慢慢黑下来了。

安老板和他夫人招呼大家进屋用餐。快到别墅大厅的入口了，两边的灯光亮了起来，安老板的老婆带着孩子们先进去了。就听葛老师的爱人赵文清小声跟老葛说：“老葛，怎么看安老板的老婆特别像省电视台经济频道《午间时光》的主持人雨静啊，你看是不是?”老葛一脸正色地批评他老婆：“这个，这个，俗，俗，像就是吗?天下像的人多了，我看你是看电视看多了!”跟赵文清一起走的柳慧也小声嘟囔了一句：“我看着也像啊!”柳依然说：“问问安老板不就清楚了嘛。”安老板正吩咐一个人什么事，没多久赶上来了。赵文清心直口快地问：“安老板，你老婆是不是省电视台的主持人雨静啊，我看怎么这么像啊!”安老板笑了笑，“大嫂果真是好眼光啊，正是她，雨静是她的艺名，她真名叫王云云。”大家“哇”了一声。

程文斌这才明白，为什么一进门自己觉得安老板的老婆面熟了。

别墅的大厅得有三百多平方米，两边是螺旋形的楼梯蜿蜒而上，大厅里富丽堂皇。一水的意大利品牌家具，全派的欧洲风格。沙发前一排精致的小桌，上面放着水果和糖果供客人们选用。一旁有两个侍应生负责添加。安老板的主持人老婆和善地招呼孩子们吃水果，也招呼大家品尝。妈妈们的眼睛一直在欣赏着五米挑高的大厅、精致的水晶灯、亮丽的纯进口大理石地面，以及艳丽的阿拉伯地毯。

柳依然突然觉得自己好渺小。觉得在安老板的豪华别墅里，自己好像是最可以忽略的一位来宾了。那个主持人雨静看上去也就三十出头吧，气质和长相比安老板要好一百倍，不知道她和安老板的爱情是什么情况，他们的结合是真的爱情吗？真的幸福吗？那两个孩子怎么那么大了，肯定不是她亲生的吧？看那个十五岁左右的男孩一点都不像这个主持人，那个小女孩呢，才八九岁吧，好像也看不出来。满面笑容的主持人的内心也像她的面容这么阳光靓丽吗？不好说，鞋子好不好只有脚知道。她突然想到了宋春山，想到她挂了宋春山那么多次电话，就是想逼这家伙亲自过来登门道歉，可到现在他也没反应。想到这，她内心一沉，委屈得有些控制不住。胡老师看到柳依然脸上有些不太好看，走过来找她说话。这时候，柳依然好像突然回到了现实，意识到自己多么失态，觉得自己怎么这么没出息啊。

安老板突然招呼大家：“请大家到草地用餐！”吃饭都是西式的风格！顺着别墅的后门转出去就是一个宽阔的草坪，草坪上有七八张长条桌，桌上放着各种风格和式样的食物，一边看到还有两个师傅在烧烤什么。

给孩子们都备了小桌子和凳子，大人们的桌子稍微高一点，但是都很小，只能容三四个人坐。看来，安老板真是煞费苦心，真是想给大家一个惊喜。惊是惊了，这喜会不会来还不好说。显然，大家大多数没出过国，不过看电影都是看到过的。这种场合，西方人好像是拿个酒杯站着说话，吃饭倒不是主要的。家属们看着自己的老公怎么样，也就装模作样地学样。孩子们自然有保姆照顾着吃饭，来的客人们都聚拢着说话。

安老板走到葛老师旁边，抬起酒杯向葛老师夫妇敬酒。“葛老，您和夫人能来，我真是受宠若惊。说实话，我接触的圈子里，我就佩服您老。”说着，举起酒杯，一饮而尽，旁边的侍应生赶紧给安老板斟上酒。葛老师还没说话，葛夫人赵文清满脸疑惑地问安老板：“安老板啊，就这么吃饭啊，这能吃得饱啊?”葛老师拽了一下赵文清的衣角，笑着说：“这个，安老板，别见怪啊，你嫂子没见过世面。”安老板说：“嫂子，您想吃什么可以吩咐侍应生给你去取，没有的你可以吩咐他们做，那边有菜单的。”赵文清赶忙说：“哦，对不起，原来还可以像饭馆一样点菜啊。”一边的葛老师被自己的土婆娘的无知臊得脸红，心里暗下决心下辈子绝不娶居委会主任做老婆，丢死个人啊！嘴里却说：“安老板，这个，佩服你礼贤下士啊，我们能入你的法眼很是荣幸啊!”安老板赶紧说：“哪里，哪里啊，我从您这学到多少东西。说实话，跟你们在一起我痛快，钱他妈是王八蛋，王八蛋多了有他妈啥意思，学问做到家里了，那才是自己的。”听到安老板说钱是王八蛋，老葛一时有些不自在，因为他的王八蛋还没多到没意思呢。

安老板敬完葛老师夫妇又敬程文斌夫妇，刚巧程文斌旁边的柳依然和胡老师正跟柳慧说话。安老板显然不认识柳依然，但看到她和胡老师与程文斌的老婆那么熟，应该不是外人。问程文斌：“程教授，这位女士是?”“是我妻妹——柳依然，最近来这里玩，我就叫过来到你这里见见世面。”“欢迎，欢迎！请问柳女士在哪里高就啊?”不知道为什么，这个安老板特别喜欢跟别人拽词，但是唯一不敢在老葛面前拽。“我，我，没工作。”柳依然有些不好意思。柳慧说：“安老板，我妹妹原来在 TIMES 公司做人力资源，后来结婚了就一直没再去上班。”“哦，TIMES 公司啊，我知道，他们那个副总叫什么，叫什么，哦，好像是泰格的，我们还在一起吃过饭。很厉害的公司啊，赋闲在家太可惜了！”柳依然说：“泰格是公司战略管理副总，我在那会儿还是策划部部长呢。”安老板一时来了精神：“能在TIMES公司工作的女士都是很厉害的！可惜，可惜，何不利用这个机会去上个学，镀镀金，也可以积累些人脉啊？”程文斌点头称是，举起酒杯笑着说：“还望安老板指点一下，我这个妹妹很是聪明呢！”安老板又笑着说：“不敢，不敢！不过倒可以去中欧国际商学院读读EMBA（高级管理人员工商管理硕士），我是没时间，我还想让我夫人去读呢，可惜人家有自己的事业。”柳依然突然眼前一亮，“是啊，我怎么就没想到呢？”

安老板敬完酒，柳慧小声跟程文斌说：“我觉得欧洲人敬酒应该夫人陪先生一起，你看，那位主持人老婆一直落单，不会他们的婚姻也是经济联姻吧？”程文斌这才觉得，也是，好像就没见这两个人一起说过话。

安老板看来是真高兴，一杯接一杯，跟来宾们来回喝了好几次。酒是红酒，后劲比较大，喝到最后走路都有些不稳当了。菜品可真是丰富，一道一道地换了好几次，大一点的小朋友们早早吃饱了，有去游戏室里玩游戏的，有去专门的影视厅里看动画片的，还有跟着安老板的孩子们去玩玩具的，总之，玩得不亦乐乎。

安老板的主持人老婆，感觉很低调，敬了大家一次酒后，似乎就挺忙，一个劲儿地接电话。

西方式的家庭宴会气氛的确很自在，不像中国人请吃饭，先得确定主宾位置，然后论资排辈地由大到小排一圈，看看谁坐正冲门口就知道谁在这个桌上最有发言权了，体现了儒家文化等级观念，浸染至深，吃个饭也得有个三六九等。外国人就不讲究这个，大家端着酒杯随便，想跟谁聊跟谁聊，就是你仔细看，也看不出谁是这里的老大。安老板深知这帮有点墨水的人最讨厌被别人轻视而又极容易看不上别人，别出心裁地搞了个西式宴请，也真难为他这个卖油桶出身的农民了。

安老板其貌不扬，颇有武大郎的风采，但在两点上至少比武大郎要强得多，第一是长得要比武大郎富态得多，肚子比胸要高出去好几倍；第二是聪明。安老板虽然没上过几天学，却聪明异常，尤其对生意那是有着天然的敏感性。年轻的时候在建筑工地当小工，就发现工地上需要废旧的铁皮油桶贮水，而一些小炼油厂有的是废旧油桶，给点钱就卖。他就想，我要是趸了油桶稍微刷洗一下，卖给各个工地，一个油桶能挣十多块钱，一天三个油桶就比他的工资要高好几倍了。后来又发现农民喷药杀虫也要用油桶装水，于是自己就在县城外租了个地方专门做仓库，聘了几个人到处推销他的油桶，当时刚刚改革开放，人们都还没有做生意的意识，安老板就掘到了第一桶金，整个地区废旧铁皮油桶的销售几乎被他垄断了。20 世纪 90 年代末的时候，他已经是响当当的成功企业家了，后来又发展到皮毛生意；到了 21 世纪房地产热的时候，安老板更是当仁不让地成了弄潮儿。家财万贯的安老板随着财富的增加，淘汰媳妇的速度也与时俱进，这已经是第四个了，前三个留下了两个孩子，最后的这个主持人娶进家门还不到两年，那是中国传媒大学的高才生，人长得太漂亮了，她选来选去的最后选了这么个如意郎君。谁也不知道到底是安老板的钱打动了她，还是安老板的能力，也许二者兼而有之吧。

主持人老婆也不光是漂亮又有气质，据说跟省里的高官们都熟悉，尤其跟省里管经济的涂文生副省长关系最密切，也可以理解嘛，人家是经济频道的主持人嘛。安老板的房地产产业能做这么大，估计跟有这么一个贤内助不无关系。

安老板生意做得大了，也越发爱附庸风雅，用安老板自己的话说，什么少就待见什么。他肚里墨水少，就天然喜欢墨水多的人。一次省里搞的企业文化论坛上，老葛参加，刚好碰到安老板，安老板看老葛“这个，这个”的谈吐不凡，自认为遇到真人了，倒身便拜，非要拜老葛为师，老葛说：“安老板，咱们还是做朋友好。”就这么着，三日一小宴，五日一大宴的，搞得老葛有点招架不过来，索性把程文斌推荐给了安老板，安老板一看程文斌又是一个跟老葛不太一样的高人，高兴坏了。

酒足饭饱了，安老板邀请大家去咖啡厅喝茶和咖啡。安老板的咖啡厅是个半开放的，一半在室内一半在室外，中间有个软门，根据天气收放自如，设计得甚是精巧，九月的天气还没那么冷，软门就开着。安老板的管家早安排好了，大家一入座，茶水、咖啡早就伺候上了。

安老板真是喝多了，拉着老葛的手不放开。“葛老啊，我就怕您不来啊，就怕你们看不起我啊！说实话啊，你们来我这可劲造，能吃喝我多少啊。可是就怕你们不来，你们来了我就高兴！”一会抚摸一下老葛的手，一会还似乎要拥抱一下老葛，老葛只好趁势把他按在椅子上。不过，老葛听着安老板拍马屁，甚是顺气，不自觉地有些自得。

坐在旁边的程文斌看在眼里，心里头多少有点失落的感觉。

胡老师正跟崔老师说话，远远地看出了程文斌好像很落寞，端着茶叫着柳依然一起走过去。

胡老师没跟程文斌谈哲学，却故作神秘地问：“程老师，你说我功劳大不大？”程文斌一时被胡老师的这一句没来头的话问蒙了，怔了一会才问：“啥功劳啊？”“你看不出来啊，依然比我们刚见面的时候苗条了多少啊！”程文斌这才明白胡老师问话的含义，赶忙笑着说：“是啊，是啊，依然你瘦了得有二十斤吧？”柳依然顿时有了成就感，美美地说：“早就二十一斤了。”

柳依然的变化的确大，来到橙州一个多月了，减肥的速度真是让那些减肥公司和减肥食品汗颜。程文斌说：“胡老师，你可以开个减肥公司了。”胡老师说：“程老师，我们是锻炼，不是为了减肥而减肥，减肥是附属品，你看依然是病态的吗？”程文斌看了一下柳依然，突然觉得柳依然瘦下来了还真不难看，心想柳依然也是因祸得福啊，那个远在百里之外的宋春山估计打死也是想不到的。程文斌于是说：“依然，你得好好感谢你这个老师啊，她可不是轻易收徒的哦!”柳依然一语双关地说:“嗯,胡老师还不是看在姐夫的份上。嗯,那就请姐夫给胡老师写篇赞扬的文章好好替我感谢一下吧,这比送胡老师什么礼物都贵重,胡老师会开心死的,是不,胡老师?”胡老师只是笑了笑,轻轻地打了柳依然一下。程文斌没想到小姨子还敢如此造次,敢叫他的板,但是又不好说什么。

安老板也许是摸老葛的手摸累了,或者是听到他旁边的谈话声,转过身来,才发现原来程文斌一直也坐在自己身边。这个酒醉的精明商人突然意识到自己犯了个小错误:不该怠慢了程文斌——老葛的好朋友。于是也加入到谈话里来:“你们说什么呢?要送谁礼物啊,也送我一份。”柳依然说:“你可没那么大功劳,无功不受禄!”程文斌说:“安老板,你看我们柳依然漂亮不?”安老板有些讨好地模仿宋丹丹和赵本山小品里的话说:“那怎么叫漂亮呢,那是相当漂亮!来,柳妹妹,起来,走两步,走两步,让大家看看。”大家都被安老板略带醉意的话逗得大笑起来。柳依然不好意思了,好像突然想起了什么,说:“安老板,你说中欧商学院EMBA,是怎么回事?”

安老板仗着酒劲话就多。“依然妹妹,那可不是普通的上个学的事。去那上学的都是奔着积累自己的人脉去的。去的都是老总级的人物,至少是副老总吧,商界精英啊。我要是不忙,我还想去呢,柳妹妹聪明至极,此生不可不去啊!”

“学费很高吧?”

“学费算什么啊,大概也就六七十万元吧。”

柳依然惊得张大了嘴巴,做了个夸张的表情。安老板看到了，说：“柳妹妹要想去，别的不敢说，学费包我身上，等你毕业高就了，这点学费算什么啊，想还我还我，不想还，算我是为祖国人才培养尽一份力！”安老板的大度和豪爽让柳依然受宠若惊，感动异常，她说：“安老板说话算话啊，是酒后吐真言呢，还是酒后胡言呢？”安老板说着拿起电话，“怎么着？需要我给我的会计拨个电话现在就定下来不？”一边的老葛看到了，笑着说：“这个，这个，安老板向来是金口玉言，金口玉言，有我做中，他绝不会食言！”

没想到，几句话也许就会改变人生，柳依然的命运也许就此改变了。

宋春山本打算去一趟橙州，但是工作真的太忙了。另外，他还觉得柳依然至少应该给自己个台阶嘛，哪怕接一个电话，也算是给了他个面子。他觉得这就是他太宠老婆的恶果，让她以为她就是男人的上帝，男人只能对她顶礼膜拜。自己心善，太心善！马善被人骑，人善被人欺，他决定改变自己的被动地位，为以后在家庭中生存赢个地位，这次一定较个劲，柳依然不接他的电话他就不去接他。再体贴女人的男人至少还是有面子的。

公司的人事关系的确让宋春山颇费心思。现在，这已经不光是他竞争区域总经理的问题了，还涉及如何安排好他走后的部长人选。按照公司惯例，下一任部长人选需要由离任的部长推荐，以便业务能够很好地衔接，除非离任的部长被考核不合格。宋春山在任上普遍被评价很高，因此，他决不能留下一个烂摊子，让公司的同事在他身后说三道四。

可是，他真的好为难。

他这才发现，光顾着领导下属们工作了，却忘记了培养下属们怎么做领导。现如今，也只能矬子里拔将军了，他不想让别的部门说他不会培养下属，要是由公司给派个部长过来，那可就破了这个公司的先例了，宋春山还怎么在这个公司立足呢?

他决定先安排好自己的下属，竞聘区域总经理的事他倒觉得胜算的把握大一些，可以往后放一放。之所以这么决定，是他觉得，在公司里自己的能力是有目共睹的，十次考评八次是优。另外一个竞聘还要看关系，就如同那天他去帮兔子酒场救急一样，他觉得自己跟公司的高层关系还很不错，至少威廉副总就明确表达对自己的支持。跟其他几个副总的关系也差不到哪去，他相信自己能运筹帷幄的。

这个部长的人选安排谁呢?这么几个下属已经在他脑子里轮流转了八百遍了，按他的要求，没一个能真正胜任的，是不是真的应了那句话，将强兵弱啊。现在后悔也来不及了。

让他觉得可笑的是，四个主管个个觉得他们是天然的部长人选。自从开会宣布公司岗位调整后，他明显感觉到这些人的蠢蠢欲动。

这些主管们的高度自信让他佩服，也让他为难，每个人的期望越大失望后的打击也会越大，对以后的工作影响就越大。他决定给他们泼泼冷水，最好是有人知难而退，留下一两个，他做个权衡，利用这个阶段稍微培养一下，应该还不至于太给自己丢人。

他按了楚莎莎的呼叫，“莎莎，通知一下各位主管，放下手头的活儿，会议室开会，大概三十分钟。”

会议室，大家坐定，他四下环顾了一下，觉得好可笑。

温自成一个劲地捋他脑门上那几根想离任却总想站好最后一班岗的几缕头发，拿着笔的手似乎都有些抖，手心似乎都出汗了。马聪睿似乎比以前更有自信了，原来的 PVC 的文件夹现在干脆换成了一个纯皮的文件包，估计是自己花钱刚买的行头，比他宋春山的有派头啊。马老太太坐得离宋春山最近，每次他发言后马老太太都要补充一下，呵呵，更年期妇女的心态，他能理解。这个杜小雅，嗯，唯有杜小雅还是稳坐钓鱼台，不过这个女孩子喜欢偶尔露峥嵘。说的话有时候还是很有新意的，不过，她也太内敛了，感觉不太会沟通，这样的人怎么可以做部长呢。

“宋部长，人都到齐了，可以开会了吧？”楚莎莎提醒了想得有些走神的宋春山。

“宋部长，这是会议记录，您过一下目。”开完会后楚莎莎把会议记录拿给宋春山看。

“莎莎，来，过来一下，我跟你谈谈。”宋春山把会议记录放在桌子上，示意楚莎莎坐在旁边的短背沙发上。楚莎莎坐在外侧的沙发上，宋春山走过去坐在内侧的沙发上。

楚莎莎轻轻地将门关好。

“莎莎，这一段时间你做得不错，非常感谢你啊。我要竞聘区域总经理了，不管竞聘上还是竞聘不上，我都不会再在这个位置上做了。按照公司惯例，在同一岗位工作三年以上应该调岗，我都工作快五年了。不论从工作上还是朋友的层面上，我感觉跟你处得都很好。虽然出过一件不愉快的事，但是不怨你，再次为让你受到惊吓而抱歉。我呢，还是非常感激你的。今天把你留下一个是想听听你对部长人选的看法，因为只有你这个助理跟部长人选没有利害关系；另一个呢，我也想知道你是怎么想的，我也要替你考虑以后的发展。”

楚莎莎立刻眼泪汪汪的，一副难舍难分的样子，粉泪朱腮，让人看了不禁怜爱起来。

“莎莎，别这样子，我又不离开公司，你还会见到我的，你这样我也会难受的。”说完这句话，宋春山就有些后悔，这是一句多么有感情色彩的话啊，对自己的下属说出来，多少有些不妥啊。他不知道为什么自己让这样的话随口而出。

楚莎莎似乎更加感动了，大滴的眼泪“啪嗒啪嗒”地掉下来。宋春山抽出一片纸巾，递过去。

楚莎莎低着头擦拭着眼泪。

宋春山也不知道说什么好，他摩挲着纸巾盒，拿出一片纸巾来又放回去，似乎他能听到楚莎莎小声的哭泣。

突然，楚莎莎站起身来，走到宋春山坐着的沙发后面，俯下身抱住宋春山的头，轻轻地亲吻着宋春山的面颊说："宋哥，我喜欢你，我舍不得你走!"

宋春山一时蒙了，楚莎莎的鼻息和身上散发的淡淡的香气钻进他的鼻孔里，让他头晕得一片空白，心陡然突突地跳了起来。

一股热流涌遍全身。

楚莎莎火辣辣的唇在一点点地朝他的嘴边移动。他心跳得厉害，感觉自己已经不能支配自己了。不由自主地他把头转动了一下，那只热辣的唇便覆盖在了他的嘴上，随后他感觉到一个软软的舌尖似在搜寻着什么，自己的舌尖似乎也听从了招呼，一下子与楚莎莎的舌尖拥在了一起。他明显地感觉到楚莎莎抱得他更紧了，后背被柔软而富有弹性的胸拥着，瞬间他被一种炙热的情感融化了，难以抑制的冲动让他忘记了一切。

时间似乎停滞了。

"丁零零……"电话铃响了。他像突然恢复了意识一样颤抖了一下，赶紧停止了亲吻，站起来接电话。

楚莎莎也似乎意识到了什么，整了整装，轻轻地扶着短背沙发，痴痴地看着宋春山接电话。

电话是公司副总威廉打来的，要求宋春山做好一切准备参加竞聘，他希望宋春山竞聘成功，并要求他在这期间谨慎从事，千万不要出什么问题。宋春山感谢上级的知遇之恩，轻轻放下电话，又回到现实里。

看到楚莎莎还在痴痴地望着自己，他突然意识到，自己千万不能再做傻事。还没有等宋春山想出应对的办法，楚莎莎已经朝宋春山走了过来，还没等宋春山说话，楚莎莎一下子又拥抱住了他，宋春山下意识地用双手拍着楚莎莎的后背，头却抬起来有意无意地拒绝着楚莎莎热辣辣的唇，静静地说："莎莎，这是办公室，我理解你。谢谢你。"顿了顿又说，"快去洗手间补补妆，不要让人家看到。"

宋春山明显感到，楚莎莎仰起的头慢慢低下去，踮起的脚尖落了下去 。

楚莎莎放开了宋春山，出去了。

宋春山长长地出了一口气。可是，楚莎莎那娇小的身躯却好像还在自己的怀里，温柔的感觉依然在。他用手摸摸自己被亲吻的脸，舌头不自然地在唇边转了一圈，楚莎莎的炙热和清香似乎总也无法完全散去。

宋春山有一种恍如隔世的感觉！

他坐在办公桌后，静了一会儿，然后用拳头捶了自己的头，对自己说："宋春山，你可不能犯错误啊。"

一直到下班，楚莎莎再也没来他的办公室。而且，宋春山也刻意地回避跟楚莎莎的接触。只要不是今天必须跟楚莎莎交代的事就尽量不说，能打电话的就不让她来办公室。这一天虽然宋春山是战战兢兢地过来的，但是却是激情过后的平静，一切按部就班，平安无事。

一边忙忙碌碌处理日常的公务，一边还要思考竞聘的对策和部长人选的安排，他感觉到特别疲乏。以至于快下班的时候，兔子叫他吃饭，他也没有答应。

他匆匆地赶回家，家里空荡荡的。他给自己泡了杯茶，打开电视，电视上有个台正重播《中国好声音》，宋春山看了一眼，突然想到，自己不也像那上台唱歌的歌手一样嘛，为了能获得导师的认可，拼命表现。他不知道在公司区域总经理的竞聘上，会有多少个评委转过椅子来。

看着，想着，他不由得困了，睡着了。

不知道过了多久，一阵手机铃声把他惊醒了，天已入夜了吧，怎么那么黑，他听到外面哗啦啦的声音，好像天下起了雨。

他迷迷糊糊地按了手机的绿色接听键，里面传来轻柔而又熟悉的声音，但这声音是他想拒绝而又无法拒绝的。

“宋哥，我是莎莎，我心里特别难受，我不知道为什么，我总是想哭……”说着，他又听到了抽泣声。

“莎莎，你别激动，上午怪我不好，我会替你考虑的，你放心就是了。”哭声更大了，里面温柔的声音也断断续续的：“我，不知道为什么这么难过，我觉得我……”宋春山还想安抚她。电话里传出了汽车鸣笛的声音。“莎莎，你在哪呢，这么晚了?”

“我，我在你家小区的门外。”宋春山惊得跳了起来，他赶紧走到能看到小区门口的窗户前。

果然，在昏暗的灯光下，一把橘红色的小雨伞在小区门口来回地移动，远处的保安一直盯着这个女孩。

“莎莎，下这么大雨，赶紧回家，一会儿要淋病了。”

“不，不，我要见你!”楚莎莎倔强地回答。

宋春山默默地看着在风雨中移动的橘红色的小伞，无奈地说了声：“好吧，莎莎，你等着，我下去接你。”

55

楚莎莎徘徊在雨中的时候，她内心乱极了。她不知道为什么自己会这样做。

她本来看不上宋春山的，甚至她觉得她的潜质远在宋春山之上。她来 TIMES 公司两年的时间里如鱼得水的现实已经在证明她的能力和潜力。她只不过想利用宋春山的家庭变故让宋春山靠自己更近一些。让自己发挥女人的优势，让宋春山臣服于自己，甚至能掌控宋春山最好。一个二十八年来从没有在男女情感上动过真情的人，相信绝不会失手的。可是，这次她却没有了那个自信。当宋春山跟她谈到要离开的时候，她的内心突然触动了一下，依恋甚至于别离的爱意瞬间爆发出来，像久压在地壳的岩浆，瞬间演变为火山爆发。当她的唇吻在宋春山的脸颊上，以至于当他们彼此深吻的时候，她突然觉得自己能凌驾于他之上的那种高傲和自信瞬间崩塌了。宋春山的男人气质和对女人的呵护让她那颗充满计谋的心瞬间融化了。

楚莎莎不止一次地问自己：“我到底是利用虚假的感情成就自己，还是已经让真的感情控制了自己？”每一次她都无法给出一个明确的答案。她知道，她在努力抵挡自己内心那个女人计谋的崩溃。

直到这个下雨的黄昏，她下班后回到家里。心躁动得无法自已。她努力希望用理智控制自己，她知道宋春山已经答应帮她了，宋春山绝不会食言，那就一定会帮她，她不需要再用美人计了，因为她的目的已经达到了。而且，她知道宋春山是个有妇之夫，如果再继续下去，这个已经达到的目的也许会灰飞烟灭，继续下去是个非常危险的举动，于他于自己绝无好处。

可是，她不知道为什么，她几乎无法让自己的内心停下对宋春山的思恋。她甚至有一种生离死别的感觉。

女人，内心真的好奇怪。她的自信和高傲为什么会在某个瞬间就消失了，而那个瞬间又是什么时候，她已经无从知道了。

她只想见到宋春山，也只有宋春山能让她现在这种无法抑制的煎熬舒缓。

她来到宋春山的小区门口的时候，雨下得正猛，她犹豫着，甚至想过返回去。但是，她的双脚却总是远离了以后又徘徊回来。不知道过了多久，门口的保安已经对她很是注意了，那异样的眼神像是在审视一个精神病患者。她不知道哪座楼是宋春山的家，她的手指点了无数次手机通讯录上宋春山的名字，又无数次地关闭了屏幕。

她徘徊了将近一个小时了，保安已经两次过来问她有什么事没有。

风吹来的秋雨已经吹湿了她的外衣，她感觉到一阵寒冷。她多么希望宋春山此时出现在她的视野里啊。

手指在心中互相撕扯的两种力量中终于点击了那个熟悉的名字。

56

宋春山的身影出现了，他穿着一件长长的风衣，远远地快步走来，风吹起衣角，远远地看像《上海滩》里的许文强。好帅！她内心一阵激动。

“莎莎，你这是怎么啦？有什么事吗？”宋春山走到她面前焦急地问。

秋雨和寒风以及无奈的挣扎已经让此时的楚莎莎身心俱冷，她迫切地需要温暖。她把自己的伞扔到地上，一下子抱住了宋春山。远处突然闪过两道闪电一样的亮光，但是却没有雷声，一辆车快速地从他们身边驶过。

“莎莎，别这样啊，你这是怎么了？”宋春山一手撑着雨伞，一手摸了摸楚莎莎的额头，楚莎莎头好烫啊。又一道闪光，宋春山好生奇怪。

“我冷，抱紧我！”

“莎莎，你发烧了，快，跟我回家！”此时楚莎莎无力地靠在宋春山怀里，她已经在秋风秋雨中徘徊了将近两个小时了。

“保安师傅，帮我收一下伞！”说完他扔掉手中的伞，抱起楚莎莎，一路小跑地直奔自己的家。

宋春山把楚莎莎轻轻放在床上，楚莎莎双手依然一直紧紧地抱着宋春山。“莎莎，你发烧了，快，把湿的衣服换下来，我去拿体温表。”

楚莎莎觉得好幸福，她宁愿自己冻病了。

楚莎莎脱掉外套，里面是一件紧身的弹力毛衫。毛衫似乎也湿了。当楚莎莎脱掉最后的毛衫的时候，丰满的曲线和粉色的内衣清晰可见。

宋春山转过身去。

38 摄氏度！宋春山看了体温计。“莎莎你发烧了，你快好好躺着。我去给你熬点姜糖水。我看看有没有现成的药。”

“不嘛，我现在只想让你陪着我！”楚莎莎有气无力的，可怜而又可爱的表情一改她在宋春山心目中刚毅果敢的形象。这不能不让宋春山生出满怀的怜惜。宋春山几乎无法拒绝这个要求。但是他觉得他不能这样，他不能乘人之危，哪怕是她渴望和愿意的。他现在还理智地知道他能做什么和不能做什么。“你现在是病人，乖一点哦！”宋春山没等楚莎莎说话，就走出卧室，去药箱里找治疗风寒发烧的药。好在柳依然平时喜欢储存一些常用药，他很快找到柴胡口服液、扑热息痛泡腾颗粒、阿莫西林胶囊。仔细地比较这三种药，他觉得还是喝中成药比较好，于是他打开柴胡口服液，拿出一支。给楚莎莎打开，让楚莎莎喝。楚莎莎因发烧而脸红扑扑的，没有了往日的严肃和清高，满目柔情和娇美。用吸管吮吸药液的动作，让宋春山觉得妩媚且性感。宋春山把眼睛移开，他觉得有时候柔弱之美更能摄人心魄，他怕再多看一眼，自己也许会做出不该有的行为。

姜糖水一会儿也就熬好了。他端过来给楚莎莎喝，银色的小匙移动于瓷碗和楚莎莎的红红的口唇间，碗里的热气袅袅地在他和她之间升起，透过这缥缈的热气，宋春山发现楚莎莎的眼神虽然无力却充满了幸福的感觉。

姜糖水喝了一半，楚莎莎就不喝了，她拉过宋春山的手放在她的脸蛋上，宋春山感到热热的，那么滑润。他把手轻轻地移开，顺势掖了掖被角，轻轻地拍了拍楚莎莎的脑门。“乖，不要想别的，闭上眼睛，好好休息!”楚莎莎听话地点了点头，拉过宋春山的手，放在她的脸旁，乖乖地闭上了眼睛，她已经被烧得没了力气。

看着闭上眼睛的楚莎莎，宋春山内心矛盾极了，乱极了。他不知道怎么做才是正确的。他和楚莎莎今天一天的关系升华得如此之快，让他几乎没有思考和应对的时间。他无意去爱一个人，何况她是自己的下属。在内外交困的这个时刻，他更是不应该去想任何不合常理的儿女情长。这些，都不是他的道德所容许的。

他努力地构造一个堤坝，阻挡着汹涌而来的内心原始的冲动和外部楚莎莎的感情攻势。他希望能坚守阵地，但是他不知道经历住这个考验需要多大的勇气和耐力。他害怕自己稍微一松懈就会前功尽弃，他怕楚莎莎的温柔会融化他的毅力。诱惑是一种让人多么难以抵御的东西啊!

他希望赶紧天明。

明天，明天的早晨赶紧到来吧。

58

看到楚莎莎睡去，他悄悄地关上门，和衣躺在沙发上。他心里乱极了，需要稳定一下自己的情绪，冷静地决定下一步该怎么做。

宋春山一夜未眠。

柳依然的突然离去已让他手忙脚乱，楚莎莎的突然表白更让他无所适从。

他从心里并不讨厌楚莎莎，他欣赏她的干练、果敢，以及如鱼得水的人际关系能力。他也考虑过他离开之后推荐她做主管的问题，虽然从年限上，她还没达到要求，但是只要他坚持认为楚莎莎的能力足以胜任这个岗位，他觉得楚莎莎获得一个主管职位并不是问题。而真正的问题是，谁来做他的下一任部长。

上次开完会后，在他的引导和点拨下，马老太太已经明确表示不考虑做部长的问题了。那个马聪睿好像不以为然 ，大有“此处不留爷自有留爷处”的气概。

只是这温自成和杜小雅不知道葫芦里卖什么药。其实，他不是怕不推荐谁会得罪谁，而是，确实想让这个部门在他走后能够和谐地保持他的风格和业绩。

温自成已经多次跟自己谈话表示对部长位置的向往，并希望他能推荐他。温自成的工作能力还是不错的，但是他对细枝末节的苛求比对战略思路的安排更擅长。作为一个部长，没有长远的思考那怎么成呢？不过，在没有其他人选的时候，他也许会考虑他。至于那个杜小雅，深沉得如同深海，她的特长是特别能揣摩领导的意图并恰如其分地提出建议。她总是能在他想到但是还没有思路的时候提前给他一个超出他期望的完美方案。按说这是一个多么具有潜力的部长人选，可是她对于其他同事的协作的要求却是虚与委蛇，而且很少能跟同事真心相处。就是他本人有时候也并不知道这个杜小雅的真实想法。

这让他好为难。

他突然听到屋里有声音，他蹑手蹑脚地走过去，轻轻地打开一道缝。也许是吃了药以后发热，楚莎莎翻了个身，被子从她的身上掀开了。不知道什么时候，楚莎莎已经脱掉了内衣，光滑而富有弹性的上半身像一尊玉雕的美女在橙黄的灯光下显得那么唯美。

他的眼睛一刻也没有离开那尊凝脂般的富有生命性感的雕像。

他正犹豫着是不是走过去，那尊唯美的雕像动了一下，“宋哥，是你吗？”

宋春山没有说话。

“宋哥，你看我还烧不烧？”

他没有拒绝的理由。

在迈动双脚走近楚莎莎的时候，他的心突突地跳，他重复着他刚才下的决心："自己是个男人，但首先是个人，底线，底线！"

他轻轻走过去，俯下身将被子往上拉了拉，盖住了楚莎莎的全身，只露出楚莎莎红扑扑的脸。他用手摸摸楚莎莎的头，已经不发烧了。"嗯，不烧了，好好睡觉吧！"

就在他要把手缩回去的瞬间，楚莎莎伸出白莲藕一样细长的胳膊，紧紧地抓住他的手。被子瞬间又退了回去，挺拔丰满的乳房一览无遗地展现在宋春山的面前。

宋春山感觉全身的血液都冲到了头顶，他努力闭上眼睛。

"宋哥，你对我真好！"

宋春山的心扑通扑通跳得厉害，周身的血液就要沸腾了。楚莎莎用力把宋春山拉到身边，顺势坐起来，两只细长的胳膊抱住宋春山。

"莎莎，我不能这样，我不能！"

宋春山用尽所有的勇气，逃出了楚莎莎的怀抱。

轻轻地带上门。

他站在阳台上，打开窗户，不知道什么时候，雨已经停了，他使劲吸了几口空气，好清新，他的头脑似乎经过这空气的过滤也清醒了很多。

他知道自己无论如何不能再回到那个卧室去了。他不会有第二次勇气拒绝那样的温柔与诱惑了。

时间一丁点一丁点地过去了，他疲惫地倒在沙发上，不知不觉地睡着了。

不知道过了多久，他仿佛听到有人在喊他："宋哥，宋哥，该吃早餐了！”他睁开眼睛，看到楚莎莎穿着柳依然做饭的围裙站在他面前。

他腾地坐起来，看到餐厅里的饭桌上放着两个热气腾腾的碗。“宋哥，你家什么也没有，冰箱里只有鸡蛋和挂面。我只好做了两碗荷包蛋面条。快起来洗漱吃饭吧！”楚莎莎笑眯眯地看着他。

他一时呆了。

60

楚莎莎还会做饭！这是他没想到的，她毕竟是一个外交官的女儿，养尊处优有绝对的条件。这样的女孩都会做饭出乎他意料。

不管如何，这一夜他觉得他战胜了自己。吃一碗面条不代表什么。

“不发烧了吧？”他站起身问楚莎莎，“嗯，好了，没想到你还是个神医。”楚莎莎就像昨晚什么也没发生一样，轻快地回答。但是宋春山好像还走不出那个怪圈，他说：“莎莎，也许是我的错，对不起，我不能……”楚莎莎将食指放在嘴边，“嘘，现在是吃饭时间。”楚莎莎朝他做了个鬼脸，宋春山不明白，这个女孩究竟是怎么了？也许是大家闺秀的做派吧。难道游历过诸国的小女孩就真的跟普通人不一样？

吃了楚莎莎做的面条，味道还算不错。

以后的日子里，他刻意地避免和楚莎莎单独相处。楚莎莎也并没有难为他，只是他总觉得楚莎莎的眼神跟以前不一样了，那眼神里似乎多了一丝仰慕和依恋，他不知道这样的感觉对不对。反正，现在他的确没有时间考虑太多这样的事情。

时间马上就要到9月27日了，这时离竞聘的日子只有三天了，他认真地检查已经准备好了的各种材料。他需要做好各种材料并且准备各种报告，还要做述职演讲及未来经营战略的演讲。每一个环节他都不能忽略。他仔细规划了自己的竞聘思路，将各种数据和材料力争订正准确。威廉说，他已经跟几个做评委的副总沟通过，大家对宋春山竞聘区域总经理都不反对。外聘的一些专家只是从能力上对宋春山做个面试，作为人力资源部部长，对专家面试程序太熟悉了，久经沙场的宋春山不惧这个。宋春山有百分之九十的把握。

9月27日早上，他准时来到公司主会议室。威廉副总代表公司先介绍了一下竞聘的程序。首先是述职演讲，十五分钟，然后是经营战略演讲二十分钟，第三个程序是专家面试。最后由公司行政办公室组织各部门部长对竞聘者的德行和合作精神进行网上打分。前三项每项三十分满分，最后一项十分满分，但是如果最后一项打分低于五分则一票否决。与他一起竞聘区域总经理的总共有五个人，只有三个岗位，这意味着肯定有两个会被刷下来。三个程序走下来，他自己感觉还是满意的。最后一项是由行政部组织的，宋春山与各部门的配合以前就已经多次被认可了，甚至因此被表扬过，对此他一点也不担心。

他踌躇满志地往自己办公室走，突然他发现人们跟他打招呼的时候有一种异样的眼神。管理部的杨部长跟他关系最好，在他回办公室的路上堵住他，一把把他拽到管理部的部长办公室，一脸严肃又急切地问：“春山，你得罪过谁没有？”宋春山丈二和尚摸不着头脑，说：“得罪谁？没有啊！”“你看看这个，是你吗？”杨部长把宋春山拉到电脑前，那张图片正是楚莎莎在他的小区门口与他拥抱在一起的照片。高倍像素的照片中可以清晰地看到他的脸。楚莎莎虽然是背对着相机的，但是一眼就可以看出是她。

宋春山突然想起了那天晚上那两道来历不明的闪光———是偷拍！一定是的！

“现在所有部的主管以上的信箱里都收到一份这样的照片，春山，你赶紧想想处理办法！”

马上就要开始德行评分了，这是谁要害他呢？

宋春山一时蒙了。

61

柳老爷子对宋春山这种“光听门板响不见人下来”的行为也颇有不满了。

想当年，柳依然的妈跟柳老爷子为个小事闹翻回娘家后，在柳老爷子岳父的淫威下，他不得不雇了毛驴车去了三趟才把柳依然的妈接回来，后来被同事们知道了，人们跟柳老爷子开玩笑说他是“三雇毛驴”。如今，宋春山打了几个电话被挂了，就偃旗息鼓、自我逍遥去了，这是什么丈夫啊。

柳老爷子一方面对自己当年“三雇毛驴”接老婆的行为感到

很伟大；另一方面又为自己少了“大丈夫”威严而不平衡。如今自己做了岳丈，特别想体会一下当年自己老岳父大发“淫威”的感觉，可是这个宋春山就是不给他机会，这让柳老爷子对宋春山非常不满。甚至，柳老爷子这几天一直嚷嚷着要亲自打电话给宋春山，逼宫宋春山也“三雇毛驴”。在柳依然的坚决反对下，在柳依然妈的劝解下柳老爷子这才作罢，却一直耿耿于怀。

不过，老两口对女儿回来以后这两个多月的变化还是感到舒心的。孩子似乎能够走出阴影，愉快地生活了，他们感觉孩子好像找到了一种新生活一样，变得快乐起来了。而且，更让他们二老高兴的是柳依然变得越来越苗条了，几乎跟结婚前一样了。也是，一米六七的个头，现在才一百二十斤的体重，柳依然给人一种脱胎换骨的感觉。柳依然一直跟老两口说，是胡老师督促她坚持练习瑜伽的结果。老两口不知道什么是瑜伽，他们一方面高兴孩子变漂亮了一方面又担心孩子的健康，担心别再太瘦了。柳依然妈妈常跟柳依然嘟囔：“减什么肥啊，看你瘦得这么快，让我都怪担心的！”柳依然听了母亲的唠叨反倒挺高兴，“妈，这才叫健康的美。”

当代社会，女人自信的渠道至少要比男人多一条。那就是身材相貌。一个女人事业很成功算不得什么，但是如果一个美女的事业很成功那就很轰动。这是人类进化过程中对女人的社会作用定位的结果。

漂亮成了女人的财富，甚至于成功的阶梯。这并不鲜见。芙蓉姐姐减肥成功甚至成为一个励志的案例，可见我们实在无法忽视女人外表优势的社会作用。

柳依然因祸得福的减肥效果让她自信倍增，她甚至有了一种成功的感觉。不只如此，还有一个成功的机会等着她。安老板赞助她就读“中欧国际商学院”的事最近也有了眉目。安老板的秘书已经把柳依然的简历和材料递上去了。对方回馈说可以上 EMBA，但是需要有个笔试和面试。

不同于国内一般的商学院，这个具有欧洲背景的国内最著名的商学院更看重学员的素质和潜在能力。这不是光能掏得起学费就可以进入的普通高校，而是拥有很多国际知名企业家学员和成功人士校友的知名学院，因此，入学的竞争也是相当激烈。

过了不长时间，柳依然就接到了中欧国际商学院的 9 月 30 日笔试和面试的通知。通知里的一句话让柳依然印象深刻：尽管我们会优先考虑具有丰富管理经验的申请人，但我们同时也会考虑您的事业道路进程和取得成功的潜力。我们对申请人的行业背景没有倾向性，不过，我们会力争保持学员背景的多元性。柳依然对她的工作背景和能力蛮有信心的。

对于自己不久以前遭受的伤痛她越来越麻木了，她本是来妈妈这疗伤的，没想到却意外地收获了一种新生活。她挺感谢姐夫带她进入了他们的那个圈子。不得不承认，有时候机会就是在不经意间获得的，但是你必须有获得机会的有意无意的准备。

还有三天就要去笔试和面试了，柳依然心里已经开始激动了。

这天早晨，她打开手机，一条彩信！谁会给自己发彩信呢？

这个号码不熟悉，她点击打开，一张图片出现在她眼前，她一眼就认出上面的那个人，瞬间，她几乎要晕过去了。

62

老葛给程文斌打电话，邀请程文斌过去喝茶。

程文斌说："老葛你来我家吧，我这有好茶。"老葛说："不去你家，你老婆有洁癖，你来我这。"程文斌的老婆柳慧这洁癖可不一般，几乎都有强迫症了。只要是程文斌打扫卫生，柳慧就一千个不放心。程文斌拖了一遍她还要再拖一遍，程文斌不拖还不行，特伤程文斌自尊，好在程文斌习惯了。可是，别人不行啊。有一次，老葛来他们家喝茶，端着个茶杯到处溜达，他天马行空地从孔子的《论语》侃到莫言的《丰乳肥臀》，到了兴头上，手里的茶杯喝一口放一个地方，程文斌的老婆柳慧就跟着老葛，老葛走到哪她就擦到哪。刚开始老葛还没注意到，后来见柳慧老是跟着他，奇怪地问："柳大夫，你现在也对文学感兴趣啊？"柳慧支支吾吾地说："嗯，嗯，您要是坐着讲我更感兴趣。"老葛低头一看柳慧手里的抹布，明白了个大概，转身就要告辞。急得程文斌赶紧拉住老葛说："当医生的，就这毛病，不是针对你，我天天被逼着洗八百遍手，我找谁说理去啊！"柳慧一看老葛要走，也赶忙说："葛老师，我看见水杯印就控制不住地想擦，真的，可不是针对你。你可得理解我啊！"弄得老葛走也不是留也不是。老葛跟柳慧也熟悉，早就知道柳慧有洁癖，没想到这么厉害。

从此，只要程文斌邀请老葛去他家喝茶，他先问："你那医生婆娘在家没？"如果没在家，老葛可能就过来，如果在家，那打死也不去。

程文斌离老葛家不远，走两步就到了。

到了老葛家，客厅里到处是书，沙发上也是，老葛就睡在沙发的书堆空出来的地方。老葛跟程文斌说："老程，随便坐！"程文斌看了半天也没找到个合适的坐的地方，屋里除了书还乱七八糟地放着各种东西 。他只好坐在了老葛睡觉的那块空出来的沙发上。"老葛，让你家老婆也给你收拾收拾啊。"程文斌来一次说他一次。老葛说："我那个婆娘，当个居委会主任比当总理还忙呢，哪有那时间啊，你没看我孩子都住校啊。再说了，让她给我收拾东西我还真不放心，去年六月份收拾过一次，我的《后汉书》死活找不到了。今年过年又收拾一次，我竖版的《史记》又找不着了。我后来跟她说：'你收拾屋子是好事，可我受不了啊，你要再收拾几次，我这满屋藏书还不都没了啊。'"

程文斌说："嫂子不至于给你扔了吧？"老葛说："她随便给我放个地方，我到哪找去啊。"程文斌一想也是，可老葛的藏书也太多了，便劝他说："'大行不顾细谨，大礼不辞小让'，你是大家了，体现的是一种大家风度。"

老葛呵呵一笑。

程文斌忽然想起了什么，说："老葛，我得感谢你啊，依然上学的事还真得感谢人家安老板，这都是你的面子啊！"老葛说："怎么感谢？请我吃满汉全席啊！你就拉倒吧！安老板有的是钱，这点算什么。"程文斌说："钱再多，那是人家的，人家没义务赞助咱们啊，况且被赞助的是我小姨子。"老葛说："他知道你我的关系，他穷得就剩下钱了，能用钱跟咱们走得近点，他巴不得呢。况且，他公司的整个文化战略框架都是我给他弄的，后面一系列的策划都需要咱们的智慧呢，这忙他也不算白帮。”

程文斌觉得老葛够意思，这么多年的哥们儿没白处。

63

老葛一边喝着茶跟程文斌聊天，一边坐在沙发角上弓着个腰在电脑上敲字。程文斌走过去一看，QQ 头像一闪闪的正跟别人聊天。“老葛，你这不好啊，叫我来喝茶，把我晾一边，网上跟人热聊，恐怕是美女吧？”老葛不好意思地笑了笑，“不瞒老弟，还真是美女，但是你认识，崔英。”“哦，那天去豆蔻庄园的小少妇啊，行，那你们忙，我就不打扰了。你们是现代版的《西厢记》啊，崔莺莺跟葛生改成网上约会了啊，我可不当红娘啊。”说完，程文斌做起身离开状。

老葛赶紧说：“老程，老程，你坐下，别瞎说。我这就几句话就说完了。”

“有啥不能打电话啊，还老 QQ？”

老葛说：“呵呵，你不知道，这文字比这声音可唯美多了，电话里不可能沟通得那么深入，你知道不？”

程文斌说：“那小妇人看上你了吧？”老葛瞪大眼睛，严肃地说：“胡说，俗，俗！我就不能跟异性探讨个学术问题啊？!”程文斌说：“行啊，没说不行，那天在安老板别墅的假山前，崔大美女说出了那首诗的出处，你那媚眼，隔着好几个人就给崔美女

抛了过去 。亏了嫂子还是做居委会主任的，你这点把戏她都没看出来。”一席话把老葛说急了，“打住，打住，我们是精神层次的沟通，与一切世俗无缘啊！你不懂，不懂。你那胡妹妹那才是对你青睐有加呢!”程文斌没想到引火烧身，说：“老葛，咱们谁也别攻击谁。胡老师呢，你也知道天真得跟孩子似的，我们是绝对的清白，你知道我喜欢乱写，经常在网上发个感慨啥的，引起胡老师共鸣那是因为有共同价值观，人家能从我的文字里品出哲学意味，这我无法干涉。”老葛一听，没反对，说：“其实，这夫妻啊，是家庭的共鸣者，彼此吃喝拉撒睡，哪怕打呼噜的音调都熟得不行了。这红颜知己啊，是爱好，是精神层面的共鸣者，否则太孤单，不能无人喝彩啊，只要不越雷池，我们这个年纪了，有个把知音不算啥吧?”程文斌点点头，在这方面两人空前一致。

“哎，对了，老葛，你对安老板的老婆怎么看?”程文斌好像想起了什么。

老葛犹豫了一下，说：“老程，我告诉你一件事，你可谁也不能说啊，就许咱们俩知道!”老葛一脸严肃地看着程文斌。

程文斌点点头，心想，啥事啊? 这么严重。

“安老板有一次跟我喝酒喝醉了，他抱着我就哭，说：‘葛老啊，你是不知道我的难处啊，我这苦楚能跟谁说啊?’我说怎么了，他就说：‘不怕您笑话，我那个媳妇根本不是我的媳妇啊!’我一听就蒙了，不是他媳妇是谁的啊，他就接着说：‘我老婆是涂文生副省长的相好，跟涂副省长好了多年了，她能到省电视台都是涂副省长安排的。涂副省长还是麻州市市长的时候他们就好上了。’听了这个，我更震惊了，我就说：‘你知道她是涂副省长的相好，你干吗要她啊？’他说：‘纸里包不住火了，涂副省长的原配知道了，说要是他不跟那妖精断了，就断了涂副省长的前程。没办法，涂副省长为了前程，就跟雨静商量，想跟她断了，你想啊，雨静跟了他那么多年了，青春都给了他了，能同意吗，死活不同意。但是这边原配逼得紧，不见雨静结婚不算完，而那边雨静就是不答应断了，涂副省长两边为难的时候，我正竞标省里的一块地皮，那个地皮相当重要，就是原来省棉纺厂的那块地，谁不知道那是个黄金地带啊。我托人求了涂副省长。涂副省长不知道怎么知道了我刚离婚，就忽然想出个‘两全其美’的办法：那块地他负责运作低价给我，但是这块地盖的房子留出五套精装大户型给雨静，条件是让我跟雨静结婚。跟雨静一商量，雨静看到大势已去，五套房子的价值也不是个小数，只好同意，你也知道省棉纺厂我拿下来后建成了‘欧梦小区’，你知道那一套房子多少钱吗现在？二百万啊。我为了钱出卖了自己的人格，就这么看在钱的份上，我就跟雨静结了婚。说是结了婚，从结婚那天起，我就一根手指头都没碰到过她，我也不敢，人家也不让，说实话，我想想都恶心。我们平时有个应酬就是做给别人看的。后来，我拿的地越来越多，要是没有这个关系，你说我可能成为省里地产界的老大吗？不过，涂副省长也没少从我这拿钱。我们就是狼狈为奸的关系。狼狈为奸啊！’安老板说完就哭得跟个泪人似的，唉！”老葛说完长叹一声，心里好像也很难受，停了一会儿，瞪着眼看着程文斌：“老程，你说安老板看着外面光鲜，他比你我活得幸福吗？”

程文斌一时语塞，他没想到这个社会丑恶到这个地步了。他忽然想起那天去豆蔻庄园的情景，问老葛：“老葛，那天嫂子问你安老板的老婆是不是像电视台的雨静，你怎么好像装不知道啊？”

老葛说：“我那个婆娘，口直心快，我要说是，他就没完没了地问我，知道怎么不告诉她啊，我烦她那样就装作不知道。”

程文斌苦笑了一下，这才明白，做人都有难处，原来这安老板活得是真不易啊。

64

兔子看到手机上的短信笑了：“兔子，赶快给前老婆我打电话，打你电话很多遍了也不接，跟谁约会去了？再不接把你电话号码贴在厕所里治性病的小广告上了。”晓燕跟兔子说话就这语气。虽然跟兔子已经明确分手，但是时不时地要打电话骚扰他一下，兔子已经习惯了。他们分手的原因其实特通俗，特简单。

晓燕和兔子分手的台词也特经典。

晓燕说：“我觉得你不适合我了。”

兔子说：“我也觉得你不适合我了。”

晓燕说：“好，那咱们分手！”

兔子说：“行，分手，那吃个分手饭吧。”

晓燕说：“好，说好了，AA 制。”

宋春山当时还嘲笑他俩玩过家家呢，没想到是真的。这俩还就跟真事似的，各自找起了新男（女）朋友。宋春山和柳依然当时直呼“看不懂，看不懂”。其实，没什么看不懂的，存在的就是合理的。

兔子赶紧给晓燕回电话：“小主，给您请安了，有何事吩咐在下？”兔子模仿《甄嬛传》里人物的语调跟晓燕调侃，电话那边传来了晓燕清脆的笑声：“什么在下，是奴才，奴才！”兔子赶紧改口说：“老佛爷，您吉祥，奴才给您请安了！”笑得晓燕花枝乱颤。

“说正经的，兔子，宋哥和柳公主的事怎么着了啊，我不太看好啊，不行咱们去一趟橙州吧？”

兔子说：“你真是皇帝不急太监急，这得靠当事人啊，要去也得咱俩绑架着宋春山去。”

“嗯，有道理。对了，兔子，听说你这装修公司搞得不错啊，哪天我失业了，你接收了吧！”

“不敢，您要来了，我不得走啊。说实话，我主要负责技术和管理，市场和公关都是我同学郑一鹤负责，这做市场啊，水深了去了，你千万别来，来了就毁这了。”

“图总，是不是怕我监督你找女朋友啊，听说男人有钱就学坏了，现在估计你都有三宫六院了吧？”

“是，就缺一个皇后了，你来还有机会。”兔子有点得意地说。

“真不要脸，兔子我跟你说白了，你要敢给我走歪路，小心我收拾你！”

兔子说：“你赶紧收拾我啊，你不收拾可有人收拾了啊！”

“啪”的一声，电话挂了。

兔子想象着晓燕气歪了鼻子的样子，脸上露出胜利的微笑，“敢跟我叫板，哼，小妞儿，你还嫩!”

兔子不知道为什么，晓燕如果长时间不骚扰他，他还真有点想她。

他不知道他们之间这算什么，嗨，管他是什么呢 。

65

程文斌用心斟酌的最后“通牒”好像没起什么作用。

他的博客里依然会时不时地留下首小诗，小诗很短，清新亮丽，表达的是一种仰慕和思恋。有时候也不是小诗，而是说在哪里哪里看见他了。程文斌觉得像生活在这个人的眼睛下，自己在明处，她在暗处，自己的一举一动她好像都知道。他刻意地注意身边的人，但是却没有发现什么异常，有时候有个人从他身边经过，他都条件反射地多看一眼。就是如此，他依然没有发现有什么不同。那个人像个幽灵一样生活在自己身边，他甚至感觉有些可怕。他有时候甚至怀疑是不是恶作剧，是不是谁在跟他开玩笑。可是想遍身边所有熟识的人，他觉得都不可能。在生活和工作中他是一个严谨而又严肃的人，跟朋友们相处的风格或者是平淡如水，或者志同道合，没有人会开这样的玩笑。

他懒得再想了。今天还有课，是研究生的课。

刚上完课，一个电话打过来，是柳老爷子的：“文斌啊，你赶紧过来一下，有点事。”程文斌觉得很奇怪 ，一般情况老岳父不会亲自给他打电话的，都是告诉柳慧，然后柳慧再告诉他。这次怎么回事？

他赶紧往家赶。

柳依然眼睛红肿着，在一边抹眼泪，柳慧在旁边拉着她的手安慰着。看到程文斌回来了，柳老爷子像来了救兵一样，拿起柳依然的手机给程文斌看，“文斌，你看看，你看看，这还了得啊，反了天了，人品问题，人品问题！”程文斌从来没见过老岳父这么怒气冲冲。从那张照片上，他一眼就认出那个举着雨伞的人是他的连襟宋春山，一个女人背对着，看不出是谁。宋春山这家伙趁柳依然不在跟谁劈腿了啊，也犯了男人最通俗的错误？这是他的第一感觉。可是，仔细再一看那张照片，他发现这张照片是在小区的门口照的，而且好像还是远距离拍摄，画面并不清晰。按照他对宋春山的了解，他绝不会跟个女人在门口卿卿我我的，这一定有什么特殊情况，一个在跨国公司工作了那么多年的部门领导，会像毛头小伙子一样下着雨在大门口跟情人亲热？有问题，一定有问题！

“爸，您消消气，我觉得这事可能不那么简单，宋春山是不是真的有问题了我们姑且不说，单就这张照片看，不太合常理！”他把他的想法跟老岳父一说，柳老爷子也觉得有些道理，刚才光生气了，也是啊，自己怎么没看出来呢，他暗暗佩服自己的这个女婿的冷静、理智和聪明。但，问题是照片上的人是客观现实的啊。程文斌好像看出了柳老爷子的心思，说：“宋春山在公司里向来是佼佼者，没准有人妒忌，栽赃陷害的事也未必没有，我们先弄清楚再说。这事，你们不宜出面，我先跟宋春山沟通一下，也许大致能有个判断。”程文斌的一席话让柳老爷子觉得自己这个女婿真是不简单，看到自己的亲女儿被欺负，他都被气晕了，怎么就没想到这些呢。

程文斌拿出手机，给宋春山拨了一个电话。

66

宋春山坐在办公室里，此时正焦头烂额。

他实在想不出谁会在此时做出这样的事情来害他。他现在百口莫辩。马上就要德行评估了，这再明显不过了：这个人就想置他于死地！

威廉打过电话来："Mr. 宋，你过来一趟，会议室旁的茶歇室。"

威廉正拿着一张打印出来的宋春山和楚莎莎的照片在看。

"Mr. 宋，请你解释一下，这是怎么回事。"威廉平静而又严肃地说。

"威廉，你听我说，这是陷害，陷害，这个人在这个时候散发照片，目的很卑鄙！"宋春山急切地解释。

"Mr. 宋，你冷静一下，这照片上是你吧，有人说这张照片的女性是你们部门的楚女士。你是知道公司的规定的，不允许在公司内部谈恋爱，况且你是一个结婚的人，在西方，这样也是不允许的。"

"威廉，请你给我点时间，我是能解释清楚的，事情不是这么简单的。"

威廉摇摇头，似乎对宋春山很失望，更有一种惋惜。

“威廉总，德行评估的时间到了，您看现在开始网上打分吗?”行政部的部长欧阳克文轻轻地在威廉耳边耳语，但是宋春山还是能清晰地听到。

宋春山觉得他就要完蛋了，一切前功尽弃。

威廉抬起手，似乎要下一个很大的决心，说：“既然如此，那就……”

后面的话还没说完，有人敲门，在敲门的同时，门被推开了。

人还没进来，一个急促的声音先传过来：“威廉总，这事与宋部长无关，这事我能说清楚。”

人们的眼睛一下子都投向门口，人们诧异地看到：原来是她!

67

是楚莎莎。

她走得好像有些急，但是表情冷静且严肃，在公司的高层前没有一丝惧怕的感觉。

“威廉总，对不起，也许有些失礼，但是这件事只有我能说清楚。我不想连累宋部长。请允许我给您做个解释。”

威廉点点头。

“您手上拿到的这张照片上的人是我和宋部长。不管拍照的人出于什么目的，我都不否认那个靠在宋部长胸前的人是我。”说完她很自信地看了大家一眼，接着说：“我暗恋宋部长很久了，从来公司的第一天我就喜欢上他了。但是我一直忍着没有告诉他，也受到道德的约束不想做破坏他人家庭的事。后来，有一天工作结束后，我约宋部长喝咖啡，恰巧碰到了他的爱人，他爱人误解了我们的关系，回了娘家。我觉得是我的原因导致了他们关系的恶化，所以一直心存内疚。前天，宋部长约谈我，说他可能要离开人力资源部。在情感上，我既舍不得宋部长离开又觉得以后自己的内疚无法弥补，我的情绪一下子崩溃了。下班以后，我回到家里，心情沮丧极了，我无法控制自己，跑到了宋部长小区门口，我一直犹豫着是不是给宋部长打个电话，在他家的门口徘徊有近两个小时。最后，我还是没有忍住给宋部长拨了电话，那天正在刮着风，下着雨，天气非常寒冷，他出来以后我实在坚持不住了，一下子倒在他身上。事情就这么简单，如果大家不信，你们可以去宋部长的小区调门口的监控录像，我想那能证明我说的话。”

楚莎莎说完，大家面面相觑。

楚莎莎接着说：“在这个事件中，是我一直主动要求见宋部长，宋部长从来没主动约过我。我愿意为我的行为承担责任，我非常清楚公司的纪律，为了不连累宋部长我愿意主动辞职，请威廉总及公司领导考虑。”

楚莎莎说完，很淡定地从随身的包里拿出一张纸，恭敬地递给行政部的部长欧阳克文，按照程序，所有的辞职申请先要行政部会签才能转到人力资源部。

沉默，沉默，沉默了大概一分多钟。

威廉说话了。“这样吧，德行评估的事先暂缓，事情调查清楚了再开始，您说呢，欧阳部长？”威廉征询行政部长欧阳的意见。欧阳克文点了点头。

“你们两个先回去吧。”威廉看看宋春山，又看看楚莎莎。

回办公室的路上，他们谁也没说话。

但是，宋春山的内心里充满了感激和敬佩，他没想到在关键的时刻，楚莎莎能够这样挺身而出，舍生取义，不管结果如何，已经让他对楚莎莎有了无比感恩的心，在感恩的心里饱含着感动、感激以及敬慕的感觉。

他觉得以后怎么做都无法还清楚莎莎这个人情。

68

宋春山回到办公室，心情极其低落。他不知道谁在暗中做鬼，如果不是关注他和楚莎莎很久了，就不会有那天晚上的偷拍。这个人一定是处心积虑地要达到一个目的。这个目的是什么呢？阻碍我竞聘成功？这应该是最直接的目标。如果是这样，那应该是其他四位候选人中的某个人去做了这件事，别人做这件事，没有任何直接的意义。那，这个人是谁呢？

他百思不得其解。

有人敲门，“请进！”是管理部的杨部长。

“老杨，坐！”杨部长坐在靠门的短背沙发上，宋春山泡了杯茶，端过去，坐在杨部长的右侧。老杨和宋春山进 TIMES 的时间是一前一后。杨部长为人忠厚，宋春山喜欢跟他交往，工作上有什么难事都会跟他商量。杨部长长宋春山四五岁，像个大哥一样对宋春山照顾有加。

“春山，不管你们的事情到底是怎么样的，小楚够义气，女中豪杰啊！”

“嗯，是，可是，老杨，我可以以人格担保我什么也没做！”杨部长伸出手做了一个阻止的手势，说：“我不关心你那个！关键是公司现在怎么看。以我看啊，威廉还是很保护你的，他能做出延迟评估的决定，就说明还是没有对你丧失希望。但是，你也不要过于乐观，你要知道，还有一只你看不见的黑手可能随时要坏你的事。”老杨很郑重、很严肃地说。

宋春山内心一沉，是啊，这个人是谁呢，他现在一点头绪也没有。

“我觉得，什么人坏你的事呢，只有那个利益最相关的，而且对你的行踪特别了解的人。”杨部长意味深长地说。“我觉得很可能在跟你竞聘的人里面，但是单这一个人他还不可能了解你的行踪，肯定有他的内线，而且这个内线跟这个人的关系绝对不一般。”老杨的话，让宋春山突然觉得好可怕。难道自己身边有潜伏的特务，一直在关注着自己的一举一动，他突然有一种恐惧的感觉。

“你好好想想，你的下属里，有没有跟那四个竞聘的部长关系密切的？”

宋春山粗粗地想了想，没有什么头绪。

“我还认为，那个竞聘的人，应该是自己觉得把你赶走以后，他的概率才最大。所以，我认为应该是排名稍微靠后一点但自认为还是蛮大的那个人，比如第三或者第四的人，他才会铤而走险。”

宋春山头脑里将这几个人一一过了一遍，突然那个人清晰起来，难道是他？

69

杨部长起身，拍了拍宋春山的肩膀，转身离去。

杨部长走后，宋春山头脑里一直搜索着这个人的信息，他想尽可能地发现些蛛丝马迹。

手机响了。是程文斌的电话号码，好奇怪，他们两个连襟平时很少联系，只有过年过节见面吃个饭或者问候一下。

“春山啊，我是程文斌。你现在忙吗，说话方便吗？”程文斌很客气。

“哦，没事，您说吧！”

“春山啊，有人给依然的手机发了个彩信图片，那个图片上有你，还有一个女的，不知道你知道这个事不？”程文斌说话很平静，就像叙述一件很平常的事。

宋春山一惊，还有人给柳依然的手机也发了图片？这是一个何其歹毒的人啊！

“这是有人陷害我，我正在竞聘 TIMES 公司的区域总经理，有人想借此让我出局。”宋春山赶紧解释。

“嗯，这我理解。可是，那个照片上的女人和你是怎么一回事呢？是真的吗？怎么说，这需要给依然一个交代啊，依然现在都痛不欲生了！”程文斌把握着说话的火候，自己作为连襟，他更多的是以一个局外人的身份调节局内人的矛盾，不能不清楚自己的定位，否则会适得其反，这一点他非常清楚。

“嗯，文斌，我明白你的意思。我会解释清楚的，现在公司已经就这个事开始调查了，公司的调查结果就是对依然的一个解释，我既然敢这么说，就说明我内心是无愧的。你能让依然接我个电话吗？”

程文斌听到宋春山的这个要求，顿了顿，说：“这个时候，还是不要跟依然说话了，她情绪很激动，你跟她说话恐怕于事无补。这样吧，你好好处理公司里的事，这边我会把你刚才说的情况告诉依然的。多保重啊！”

柳老爷子好像还想在电话里训斥宋春山几句，看到程文斌挂了电话，也便作罢。

程文斌把宋春山参加区域公司经理竞聘，有可能被陷害，以及公司正在调查的事告诉了柳老爷子他们。并且说，宋春山坚决地说，他敢拿着公司的调查结果给柳依然一个解释。

事已至此，多说无益。

大家纷纷劝柳依然，让她现在依然相信宋春山。

柳慧偷偷地把柳依然手机里的那张照片删了，这张照片留着只会让妹妹更加痛苦。

程文斌看到柳依然稍微平静了些，说：“依然，这个事呢，会有个说法的，你现在也不必着急。马上就要参加中欧国际商学院的面试了，这是大事啊，你平静一下，还得好好准备一下。柳慧你能调个班吗，咱们一起去送依然面试，我下午就把课调了。”

姐夫的无私关爱让柳依然很感动，柳慧也为丈夫这样的决定感到很有面子，内心对程文斌也有些感激。柳老爷子看到自己的大女婿如此懂事明理，心里一下子亮堂了起来。

“老婆子，去弄点馅，文斌爱吃饺子，中午包猪肉大葱馅的饺子!”

阳光水岸装饰有限公司的业务看起来是如日中天。

苏处长和张处长不仅帮他们介绍局里的装修项目，还介绍他们认识了公安、银行、邮政系统的负责领导，因此装修任务一个接着一个。郑一鹤不愧是在江湖上混了多年，很快就能跟每个刚认识的项目领导称兄道弟，兔子佩服得五体投地。想当初，郑一鹤还跟兔子是初中同桌的时候，郑一鹤每次考试都要他“帮一把”，有一次，竟然出现了郑一鹤连兔子的名字也抄到试卷上的奇闻，郑一鹤和兔子双双被判零分。不过，从那时候起，郑一鹤就认定兔子讲义气，是个值得交的哥们儿。郑一鹤初中毕业来到这个城市打拼，他摆过地摊，卖过煎饼，做过建筑小工。一次两帮人火拼，把一个人打个半死扔地上都走了。郑一鹤一看，这是条人命啊，背起那个人送到了医院，还垫了药费，这个被救的人就是后来郑一鹤的“大哥”，郑一鹤救命有恩，而且很讲义气，很快就成了“大哥”的铁哥们儿。这位“大哥”后来东山再起，成为省会响当当的头面人物。在“大哥”的支持下，郑一鹤也曾经干过正经生意，但是都经营不好赔了。遇到了兔子后，一直撺掇兔子跟他一起干，他一个是看重了兔子这人的义气，更重要的是兔子懂技术，能经营会管理。两个人合作建起了阳光水岸装饰公司，真是珠联璧合，郑一鹤负责市场和公关，兔子负责管理经营，把个公司发展得红红火火。

但是，也有让兔子感到害怕的时候，那就是郑一鹤大把大把地给主管处长们送钱。他不是心疼钱，而是觉得如果有一天这些领导们出事早晚会连累到他们。他把这个担心告诉郑一鹤，郑一鹤一笑：“兄弟，不把他们喂饱了，凭啥把这些铁定挣钱的项目给你啊？再说了，你不送，你认为就没人送了吗，后面一个加强排等着呢！”兔子无奈地摇摇头，是啊，这是现实啊，胡雪岩——红顶商人的红顶绝对不是白来的。他们如果不这么做，那么就只能饿死了。

这一天，兔子刚到公司上班，宋春山就打过电话来。

“兔子，兄弟摊上大事了！”兔子想，也就几天没见面，摊上啥大事啊！

“我被人陷害了……”宋春山把情况简单地跟兔子说了说。

兔子问：“你打算怎么办？”

宋春山说：“我得弄清楚到底是谁害的我，我必须找到拍照片的人，还有发照片的人，还要找到指使他们的幕后黑手，拿到这些证据，我才能真正揪出那个害我的人！”

“你们公司调查结果出来了吗？”

“我们公司通过调查只认定我没有跟楚莎莎谈恋爱，也没有影响公司利益。但是，我不满足于这些，我必须让那个陷害我的人浮出水面，让公司高层知道他的卑鄙，我也可以给柳依然一个交代。”

“好吧，这事我看得让郑一鹤想想办法了。晚上‘醉风酒楼’见面吧，等我短信！”

71

柳依然的面试怎么说呢，那是相当成功！

笔试对于她来讲没有什么难的。难得的是，她能够在五个面试官面前镇定自若，一点紧张的心情都没有。她在路上就下定决心，为了自己一定要争一口气。

面试官中有一个英国的教授，是用英语提问的。助理问柳依然需要不需要翻译，柳依然摆手示意不需要。她虽然毕业多年但在大学口语比赛冠军的底子还是发挥了作用，她能够听懂教授的提问，只是在回答的时候，有些单词她或者忘了，或者把握不准。但是对于一个三十多岁的女性来讲，能做到这样已经不错了。这个英国的教授在她回答完后轻松地笑了笑。其他面试官问的问题大多和她的经历有关，包括如何处理各种问题的思路，她都很有条理并且有逻辑地回答了。而且，当她说结婚以后就从TIMES 公司辞职了，五个面试官都很诧异，并问她为什么现在又来学习 EMBA 课程。柳依然回答：“女人只有经历了两个以上的角色，才能知道她更适合哪个角色。在公司里我的目标是我的工作业绩和发展空间，在家里做家庭主妇我的目标是让老公不要不喜欢我。第一个角色的目标是客观的，而且是递进的。第二个角色的目标是主观的，是递减的。在第一个目标实现的过程中我能感觉到我的价值在增值，要达到这个目标我就努力表现自己，要关心自己的一切和自己相关的。在第二个角色实现的过程中，我觉得我的价值在减值，越要努力做好一个家庭主妇，就越不能表现得太过要强，太过关心，老公反而会不高兴。因此，我觉得我更适合第一个角色。”柳依然的回答，让在座的面试官都笑了。

很快，她的录取通知书就来了。她被著名的中欧国际商学院录取了。

EMBA 是不脱产的，每年保证足够的上课时间就可以了。

十月中旬她就可以去上课了。

据说，EMBA 班的学员都是老总级的人物。

全家都为柳依然能被著名的中欧国际商学院录取感到高兴。

但是对于柳依然，她的内心还是有一件事无法释怀，那张照片已经深深地印在她的脑子里了，想起来就痛到她心里。

她准备回省会一趟拿些换季的衣服，以及个人的一些东西。但是，她不知道如何面对宋春山，她不知道对他是爱还是恨，她似乎很麻木，但感觉又很清醒。她不想住进那个屋子，她感觉那好像是曾经桎梏她的牢笼。但是，她又不可能马上回来，她需要时间好好调整一下。

她下定决心，在没有弄清楚一切之前，绝不理宋春山。

她打电话给晓燕：“晓燕，我想回去一趟。”

晓燕说：“姐，真的啊，你快点回来吧，我可想你了，我还想跟兔子去看你呢。”

“可是我不想看见宋春山，我绝对不会理他。”

“姐，你不知道吗，兔子他们开始帮春山哥调查那个陷害他的人了，有眉目了。”

“有什么眉目？”

“你回来吧，回来你就知道了。”

柳依然放下电话，心里开始有了一些期待。

72

宋春山给兔子打完电话，就一直在想，我要想知道幕后指挥的黑手是谁，就必须先从拍照片和发照片的人找到突破口。如果能找到发邮件的那台电脑的 IP 地址，就能确定发照片的人。从公司网路部的调查看，那个发照片的邮箱的 IP 地址不是我们公司，但是他肯定是公司内部的人，因为他知道公司各个部门人员的邮箱，一定是公司内部的人或者委托别人在外面发的。所以，需要查找发照片邮箱的 IP 地址对应的那台电脑，而这些好像只有公安局有权去做，因为涉及隐私权，不知道郑一鹤有没有这个本事。

下班了，宋春山赶往醉风酒楼。

“213 房间。”门口的迎宾小姐还没说话，宋春山就报了房间号。迎宾小姐引着宋春山来到二楼，兔子和郑一鹤早就到了。兔子早点了几个菜等着他呢，宋春山也不再客套，直接开门见山：

“一鹤，兔子大致跟你说了我的事了吧。公司已经通知我三天后开始德行评估，这对我来说很重要。虽然公司认为我不需要承担主要责任，但是我的那个下属肯定要为此辞职了。我想在这三天内找到那个陷害我的人，我相信他就是我们公司的人，甚至可能就是跟我竞聘的人中的一个。”“哥，你就说需要我做什么吧，只要我能做的你放心，我一定当作自己的事来做的。”郑一鹤一脸真诚。

宋春山就把他的想法跟兔子和郑一鹤他们说了。

“哥，听你说了半天又 IP，又电脑的，我也不懂。但是我明白你的意思是找公安局的人帮咱们查查是哪台电脑发的邮件呗？然后再看看是谁发的？”

宋春山点点头。

“这需要找哪个部门？”

“应该是网监部门。”

“网监，这我不太懂，这么着吧，我给‘三子’打个电话，你跟他说，他是市公安局刑警大队的指导员，也是我兄弟。”

郑一鹤拨通了“三子”的手机：“三子，是我，一鹤。”电话传来那边的声音：“鹤哥啊，那天见到大哥，大哥说你最近要请兄弟们聚聚，怎么着？要提前单请我啊？”“三子，我今天有正事，我有个哥，亲哥一样的哥，有件麻烦事你看能不能办，让他亲自跟你说。”说着把手机给了宋春山，宋春山正不知道怎么称呼对方，电话那边说话了：“哥，你是鹤哥的哥就是我的哥，啥事吧，直说！”宋春山也就不再客气：“有个人发了个诽谤我的邮件给我的公司，我想查查是谁。”“哦，这得需要网监大队才能行，这么着吧，你把你接收邮件的信箱和密码给我吧。”宋春山很快报出了邮箱和密码。“这样吧，你等着，我看看谁值班，要是顺利的话，半小时后让鹤哥等我电话。”

宋春山把手机给了郑一鹤，很诧异地看着郑一鹤，觉得郑一鹤太厉害了，在公安局还有这样的朋友。郑一鹤好像看出宋春山的心思，说：“‘三子’是我大哥直接花了大本钱弄到公安局的，又花了大本钱把他推到指导员的位置上的，他知道我和大哥的关系，我说的话他百分百给面子。”

宋春山突然有一种感觉，这社会还是太复杂，他还是太简单了。

半小时后，“三子”果然拨来电话说：“按照那个邮件地址查询，应该是长安区的子玉路和明光路交叉口的‘一梦’网吧的21号机。”

“走，去‘一梦’网吧！春山哥，你知道那个邮件的发件的时间吧？”郑一鹤问宋春山。

“知道，28号晚上十点。”

“好，那就容易了，我看看这网吧的老板是谁，调出录像来不就知道了嘛！”

人家老板让调出录像来吗？宋春山有点担心。

兔子说：“一鹤，你认识那老板吗？”一鹤笑了笑说：“我不认识，也有兄弟们认识的，那不是问题。”

简单地吃了点饭，直奔“一梦”网吧。

果然如郑一鹤所言，网吧的老板认识郑一鹤。

调出那天那个时段上21号机的录像，大家一看，都呆了，是一个十五六岁的孩子，怎么可能呢。老板告诉郑一鹤说：“别着急，这孩子一会儿还来上网呢，是个‘网虫’，特爱玩游戏，我认识他，几乎天天来。”

过了不一会儿，果然如网吧老板所说，那个孩子来上网了，郑一鹤一把揪住那个孩子的脖领子，“老实点，28号晚上在21号机上发过照片没？”小孩子一下被吓傻了，“发，发过！在我来网吧的路上，有个戴口罩的男的拦住我，给了我300块钱和一个U盘，让我按照地址把U盘里的照片都发出去。那会儿我正为没钱上网着急呢，就答应了。”“那个人长什么样？”郑一鹤问。“大晚上的，我也看不清，他还戴个口罩。”

宋春山听到这，心一下子凉了半截。

从芸芸众生里找一个口罩男，就是警察也很难找到，这条线索算是断了。

郑一鹤问宋春山：“哥，还有别的方法能找到发照片的人吗？”宋春山想了想，说：“有，那天拍照片的人是开车拍的，因为我清楚地记得一道闪光之后一辆车疾驰而去，应该就是在车上拍的。如果能找到车主，也应该能确定拍照的人，而拍照的人应该和发邮件的人是一个人，或者至少是有关系的。”郑一鹤说：“那就得先查汽车牌照，找到汽车牌照就知道车主了。哥，这还得找警察。这样吧，今晚估计不行了，明天我来办这事，你就别管了。你就告诉我你们小区前的那条路叫什么名字，还有汽车驶过的准确时间吧。”宋春山将小区前的路名和时间写到了一张纸上给了郑一鹤，又叮嘱他说：“兄弟，这事必须在后天晚上前弄清楚啊，大后天上午公司就开始对竞聘人员进行德行评估了，我想在这之前得到个结果！”郑一鹤想了想说：“哥，放心吧，我在交警大队的兄弟比公安局的还多呢，肯定有人能办成这事，明天等我信儿吧。”

他们三个各自回家。

由于宋春山的事还没有最终了结，楚莎莎提交的辞职报告一直压在行政部没有会签。宋春山也清楚，行政部也没法会签，就是签了转到了人力资源部，他作为当事人又怎么处理这个辞职报告呢。所以，他倒是不担心楚莎莎会马上离职。现在，最紧迫的是赶紧找到那个幕后黑手。

在办公室里，他一直心神不安，都快十一点了，还没有消息。管理部杨部长来过一次，说：“威廉和其他一些副总在分别找各位部长谈话，征询大家对你这个事的看法。楚莎莎虽然替你把所有的责任揽下来了，但是大家心里还是认为你是有事的。如果不把真相揭露出来，很难说服大家啊。你得尽快啊，最好是明天下午能把铁证交到公司，如果真能这样，那后天参加德行评估的那可能只有四个人，不是五个人了。”宋春山明白杨部长的意思。他说：“老杨，我也着急呢，应该快有消息了。”

“哥，你能不能快点过来一趟，车牌照录像调出来了，可是车却是汽车租赁公司的。郑一鹤已经带了俩兄弟去汽车租赁公司查找那个租车的人了，要是人找到了，你得过来看看认识不认识。”兔子打来的电话。

“到哪里找你?”宋春山问。

“我在联盟路和秀水大街的交叉口东南角等你，一会儿郑一鹤就从租赁公司出来，到这会合，你也来这里吧 。”

刚好午饭时间要到，宋春山赶紧驱车到了兔子所说的会合地。

见到兔子还没来得及说话，郑一鹤带着俩兄弟就到了。

“哥，你看看这人你熟悉吗?”郑一鹤拿着一张身份证复印件给宋春山看：吕鹏程，男，河南驻马店人，23 岁。“不认识，还是河南的。”宋春山摇着头，这个人他一点印象都没有。“看来，我的对手很聪明啊，真是处心积虑的，拍照片和发照片都不亲自去。”宋春山自言自语。

要想知道是谁指使的吕鹏程，那就必须找到吕鹏程，上哪去找这个人呢?

“别着急，哥，我去趟公安局，找个哥们儿查一下这小子最近的行踪，他要是外地的，肯定有坐车、住宾馆的记录啊。”宋春山暗中佩服郑一鹤的机灵。

事不宜迟，郑一鹤直奔他哥们儿所在的一个派出所。

时间不长，郑一鹤打过来电话：“哥，这个人用的是假身份证，根本没这个人。”

宋春山听到这些，立刻傻在那了。

74

郑一鹤说："哥，天无绝人之路，还有个办法可以找到这个人。"

宋春山当时都已经绝望了，听到郑一鹤一说，赶紧问："什么办法?"

"所有的汽车租赁公司的车上都装着 GPS，我们可以看看这人去哪里了？这是第一。第二呢，我去看看汽车租赁公司有没有录像，如果有，那就好办了，有了这小子的录像，找个人就不难了。"

"一鹤，你小子该当警察啊，警察破案也就这水平吧。"兔子赞许地捣了郑一鹤一拳头。郑一鹤颇有些得意地说："是，公安局聘我做顾问我没答应。得了，咱们少废话吧，一起去那个汽车租赁公司看看吧。"

到了汽车租赁公司，老板早就知道郑一鹤的大哥是"龙哥"，极其配合。又调录像，又查那辆车的 GPS 行车路线。

而且，汽车租赁公司的老板还告诉他们另外一个线索："这个人不是河南口音，是本地口音，租车的时候打过一个电话，说好像是忘了件什么东西在家，先回去拿了东西再去接打电话的人。"汽车租赁公司老板提供的这个线索太重要了，这意味着，只要把 GPS 行车路线图找到，那么这小子的家就能找到，这小子也就跑不了了。

很快，录像调出来了，郑一鹤让那老板给打印了一个最清晰的截图。

GPS 行车路线图也查出来了。这个车先去的是附近的一个叫“庄园小区”的，在 15 号楼前停了 20 分钟左右，然后去的另外一个小区，这个小区是一处高档小区——“水榭花都”，在 8 号楼前停过，但是停的时间很短，大概也就是上了个人就走了。

郑一鹤拍了拍汽车租赁公司老板的肩膀，说：“老刘，谢谢啊，改日设宴重谢！”那个老板有点受宠若惊的样子，“郑老弟，你这是干吗，一家人不说两家话，龙哥的兄弟不就是我的兄弟嘛，有事你尽管来，我还就怕你瞧不上跟我做朋友呢！”郑一鹤笑了笑，“老哥，咱们就不见外了，我有事先走，改日拜访！”

那老板送大家出了公司的门。

郑一鹤跟宋春山说：“哥，你还得上班吧，你先回去，我派俩兄弟下午去那个什么‘庄园小区’蹲着，不怕找不到那小子。你别急啊，晚上等我的信儿吧！”

“兔子，你招呼郑一鹤和几个兄弟吃个饭吧，那我就先回去。”兔子一摆手说：“走吧，别操心这个了，都自己兄弟，有我呢！”宋春山一阵感激，关键时刻，还是铁杆儿兄弟能帮上忙啊。

下午快下班了，宋春山一直没有接到电话。他决定先不回去，就在办公室等。

快八点了，还没有电话。

宋春山拿出手机刚想给郑一鹤拨个电话，手机响了，是郑一鹤的。“哥，快来，那小子回来了。”

75

来庄园小区蹲守前，郑一鹤让那俩哥们儿又看录像又看截图的，对这小子的形象早就记住了。那小子一接近 15 号楼的时候，蹲守的那两个兄弟就发现了。那小子骑着个电动摩托车。郑一鹤对开车那位兄弟说：“开过去，接近了那小子再下手。”等车靠近了，那小子刚把电动车停稳，蹲守的俩哥们儿左右一架，还没等他说话就给顺车里了。

郑一鹤一把揪住那小子的脖领子：“兄弟，识相点，别吵吵。没别的事，就是问句话。”那小子早就吓得体如筛糠了，看来不是道上的人物，声音颤抖着说：“我说，我说，你别伤害我！”

郑一鹤说：“说清了什么也好说，说不清那就由不得我们了。”那小子哆哆嗦嗦地说：“我说，我说！”郑一鹤问：“28 号晚上你干什么了？别跟我说你在家跟老婆睡觉啊！”

郑一鹤用力搡了那小子一下，那小子叫了一声：“疼，我说，那天晚上，我们跟踪一个女的，然后拍了个照片。”

“就你自己吗，还有谁？”郑一鹤厉声问。

“还有，还有，我表姐和吕明。”

“你表姐是干什么的？”

“我表姐在一个外资公司。”

“吕明是谁？干什么的？”

“吕明是我表姐的情人，跟我姐好了好多年了，但是他有老婆，我姐正逼着他闹离婚呢。”

“别废话，我问他是干什么的？”

“他好像也在我姐的公司吧，好像比我姐级别高。”

郑一鹤兜里的录音笔把这小子的谈话全都录下来了。

时间不长，宋春山来了。

这小子又把刚才的话重复了一遍，宋春山听到“吕明”这个名字的时候，心里一震，果真是他！

76

这是让宋春山万万没想到的两个人，更让他想不到的是杜小雅竟然是吕明的情人，这几乎颠覆了他此前所有的判断。两个人伪装得如此之好，伪藏得如此之深，即使《潜伏》里的余则成和翠平在世也自叹弗如。作为杜小雅的上级他怎么就一点都没觉察到呢？吕明，这个曾经最要好的兄弟，怎么会，怎么会？他几乎不敢想下去了。

“哥，怎么着，拉着他去水榭花都去堵那两个家伙去吗？”郑一鹤摆了摆手，示意宋春山走远点说话，“不行，对他们俩不能用这种方法，他俩既懂法又是高智商，只能智取，不能用对付流氓的办法对付他们。”“咱们分两步走，第一步，先让这小子和他表姐及吕明通电话，电话全部录音。第二步，再去水榭花都，我自然会跟他们周旋，你用手机给我录音录像就是了，有了这些证据就足以证明他们违反公司纪律而且陷害我的事实了。”几句话，让郑一鹤突然对宋春山有些刮目相看：“宋春山不是个小白脸啊！”

“对这小子得好好吓唬一下，让他按照要求问。”

“那让他问什么呢？”郑一鹤问。宋春山从包里拿出一支笔，想了想，在一张纸上写了几个问题：“按照我写的，这些是先让他跟他表姐通电话问的，剩下的是让他跟吕明通电话问的。他问完他表姐以后，一定要让他问吕明是不是在旁边，在旁边的话，让他直接将电话给吕明，让他用他自己的手机打电话，咱们俩的手机都打开录音功能录下来。”

“一定要让这小子像平时一样，否则就穿帮，前功尽弃了！你得吓唬吓唬他，知道吗？”宋春山补充说。

郑一鹤一笑，“哥，你真行，适合做侦探。放心，吓唬人对我就是小意思，擎好吧！”郑一鹤说完走过去钻进汽车里，不知道说了几句什么话，那小子看起来更加顺从了。

宋春山也钻进汽车，杜小雅的表弟拨通了杜小雅的电话。

“姐，我又去那个网吧上网了，那个网吧的老板跟我说来了两个人查是谁那天用21号电脑发邮件了。”

电话那边有些焦急地问：“查出来了吗？”“老板没告诉他们，但是说他们还会来的。给老板留了个名片，说如果我再过去让那个老板打电话给一个叫宋春山的，你知道吗？网吧老板说那个宋春山一直在带着几个人找我呢，你们公司的事快完了吗，你得赶紧和吕明想个办法啊！”

“嗯，我们这竞聘马上就结束了，你千万不要再去那个网吧了！”

“姐，我想我得躲躲啊，听网吧老板说那个宋春山的一个兄弟跟道上的人挺熟，逮着了就打个半死。吕明在你旁边吗？我想让他帮我找个地方。”

“吕明还没下班呢，这样吧，你打他手机吧，顺便让他给你打些钱到你卡上，让他送你出去躲躲。”听到这话，宋春山与郑一鹤相视一笑。

杜小雅的表弟挂了电话，又给吕明拨过去。按照宋春山写的那张纸上的内容继续开始通话。

“吕明，我在网吧发邮件的事让那个叫宋春山的知道了，他正带着几个人找我呢。我为了你们的破事儿被人追杀呢，你说怎么着吧？”就听电话里传来吕明的声音，宋春山熟悉得要死，现在听到这个声音他几乎恨得要死。

“你怎么知道他找你呢？”

“那个网吧的老板告诉我的，就为了和那个叫宋春山的争个什么破总经理，你可把我害死了！”

“你别着急，你为了我和你姐的事费心了，我不会让你吃亏的，我给你卡上打三万元，你赶紧回老家吧，躲一段时间再说。”吕明在电话那边安慰着。

“你现在在 TIMES 公司吗？我想让你把我送到我一个朋友家。”

“我马上就从公司里出来，你在哪里等我？”宋春山在纸上写了“水榭花都”示意杜小雅的表弟说出那个等他的地方。

挂了电话，宋春山说：“给你表姐打电话让她在水榭花都的 8 号楼前等你，你就说有点东西给她，不想送上去了。”

宋春山说完，转头对郑一鹤说：“兄弟，好戏快开演了，看看我怎么和那两个人周旋。”“哥，你要去见他们俩?”

宋春山点点头，笑笑。“这是高潮部分，我不出场不行了。走，水榭花都 8 号楼!”

汽车驶向水榭花都小区。

宋春山胸有成竹，他们静静地坐在车里，等着一场大戏的开演，而导演正是他。

17 点 43 分，杜小雅从 8 号楼二单元走了出来，穿的是宋春山再熟悉不过的那件稳重素雅的衬衣和黑色的裤裙，甚至连高跟鞋都没换，这是她喜欢的装扮，曾经穿着这套衣服，那么执着地跟宋春山讨论过问题。如今服装还是那个服装，但是在宋春山的心里，她已经变成灰色的了。他无论如何也想不到这样一个有内涵和性格内敛的女孩子怎会跟吕明搞在了一起，更不明白的是还做了吕明的情人或者吕明家庭的第三者，他还不明白她是主动投怀送抱给吕明的还是吕明为了扳倒自己而刻意勾引诱惑她的。现在一切都不那么重要了，因为谜底很快就要揭开了。他有一些抑制不住的激动，他伸开了五指又攥成拳头，一切似乎都在他的掌控中。

杜小雅看起来有些着急，拿出手机好像要打电话。宋春山告诉杜小雅的表弟张青：“她要是打过电话来，你不要接。”张青吃惊地看着宋春山，不知道他葫芦里卖的什么药。果然，电话打了过来，是杜小雅的。张青不敢接，杜小雅没有打通，又拨，宋春山猜一定是给吕明打。杜小雅这次打通了，只说了几句就挂了。宋春山感觉吕明肯定很快就会过来了。他命令张青：“给你姐打电话，就说你在来的路上被宋春山碰到了，他们人很多。说完就挂，不许说别的。”郑一鹤使劲摁了摁张青。“老实点啊，我可是练过铁砂掌的，你这鸡脖子不想断的话就乖乖听话！”张青看到他表姐了，似乎心里有些底气，可又被郑一鹤的一句话吓回去了。他拨通了杜小雅的电话，话还没说完，就被郑一鹤挂断了。从车里就可以看得很清楚，杜小雅的脸色刷的变了，拿着手机不知所措。

远远地就看到吕明的车开了过来，车还没停稳，杜小雅就跑过去，大声喊：“吕明，吕明，不好了，张青被劫了！”吕明钻出汽车，杜小雅一下子就扑到吕明的怀里哭起来了，吕明拍着杜小雅，似乎在询问，又似乎在安慰。宋春山和郑一鹤的手机准确地捕捉到了这个精彩画面。

“好了，该我上场了。”宋春山把他的手机递给一个兄弟，“继续录，看我的手势。”

宋春山整理了一下衣服，他想让自己看起来轻松一些，因为此时他觉得自己是一个刚刚扳回一局的赛手。

“吕总，小雅，真巧啊，不想在这里遇到了。”他俩在惶恐和紧张中突然被这个熟悉的声音惊吓了一下，抬起头的时候，几乎不敢相信自己的眼睛了。他们盯着宋春山，愣了足足有半分钟的时间。

“呵呵，没错，是我，宋春山，怎么也不能说不认识吧?”宋春山以轻松戏谑的口吻说着。

“你，你绑架了我表弟!”杜小雅首先反应过来。

“不，别这么说，是我把你弟弟给送过来了，看!”他朝他们的车的方向做了个手势。张青被放出来了。“姐，姐，他们绑架我了。”说完飞一样地跑到了杜小雅和吕明的身边。

“是吗，绑架了? 那好，你现在可以报警了，我就在这等着警方处理。”宋春山很淡定地说。

“春山，怎么回事啊，误会了吧?”吕明反应很快，但是有些不太自信地问，声音有些颤抖，嘴唇似乎也在抖动。

“吕明，咱们一起来公司的，你我交往这么多年，应该是不错的兄弟了，你不该使这个绊子给兄弟啊。TIMES 公司区域划分不是人力资源部出的方案，是总部的意见，策划部做的规划，跟老弟我没有关系。当然，我知道区域划分之后，你的市场总监的位置肯定是没有了，纵然威廉副总对你市场战略的实施有些意见也不至于直接把你刷掉，你不该跟老弟我过不去啊!”

“春山，你别误会!”

“呵呵，我没有误会，你的这个准小舅子把你们所有的猫腻都告诉我了，看看!”说着他举起手里的录音笔，“都在这里面，一切误会都没有了。况且我很佩服你老弟的魅力啊，居然撬了我手下的人，而且抱得美人归啊! 呵呵，这本算不得什么，关键不该把屎盆子扣给楚莎莎!”他把目光射向杜小雅：“小雅，你可能知道楚莎莎对我有好感，楚莎莎知道我要离开后哭了，你是听到了或者看到了，然后马上把这个信息告诉了吕明，吕明正在为可能落聘担心，知道这个消息后觉得一箭双雕的机会来了，于是你们让你表弟跟踪我和楚莎莎，在那个下雨的日子终于抓到了机会，以为照片发出去后就会大功告成。没想到楚莎莎把全部责任都担了下来。但是你们依然认为我肯定很难再有出头之日，对不对？”

杜小雅惊呆了，没想到宋春山已经知道了一切。

“宋总，对不起！我早就看出您对咱们部的四个主管都不是很满意，我知道我也没机会了。但是作为一个女人，对楚莎莎的行为我非常痛恨，我觉得她是有目的的。所以……请你原谅我们！”

“春山，事情已然如此，小雅做事有不妥的地方你多担待，你不要误会我，我一直劝小雅不要这么做。但是，唉，也怨我，小雅跟我抱怨工作好几年了，没办法，我这个人最大的毛病就是心软，经不得女人的几句话，不是兄弟我撬你的部下，是我也没办法啊，原谅我，我会报答你的！”

杜小雅吃惊地看着吕明。

宋春山鄙夷地看了吕明一眼，“你配做个男人吗？！”

说完，宋春山头也不回地得上了车，说了声：“明天公司见吧！”

宋春山早早地来到办公室，习惯性地打开电脑，先查看有没

有邮件是工作的第一个步骤，他的公司邮件箱里可能会有上级的会议纪要，也可能有下属的任务汇报，这是每天上班必需的工作。

楚莎莎来得很早，楚莎莎的心情早就平稳了，她似乎看淡了一切、看透了一切，本来就经历得比常人多，因为她觉得刚刚过去的更像故事，但是她每天却要面对这个故事里的人物。她喜欢的人物和不喜欢的人物她都得面对。那个她曾经要过计谋的过去，让她感到有些不屑。其实，看开了，有什么啊！但是，对那个人，她还是有些放不下。此刻，她只能暂时藏在心里，因为这不是能够表达的环境和季节。她似乎有些期待那个季节的到来，但是又拿不定那个季节会不会来。她有些无奈但又有些不以为然。矛盾得有些自然又有些不自然，她有时候觉得很高傲，有时候又觉得是一种自卑心理的高傲，她迷惑了，于是，她不想再想了，她已经不需要知道哪个是对，哪个是不对了。

她早就整理好了今天的日程放到了宋春山的桌子上，她不知道还能这样做多久，不管做多久她希望哪怕是最后一天她也要做得到位，就算不为别人只为自己的那种感觉。

宋春山一个个地浏览邮件，他想尽快看完邮件，因为今天他有一件大事要做。

突然，一个非常熟悉的邮件地址进入他的视野，是杜小雅的公司邮件地址，这个邮件是昨天凌晨三点多发的。

宋春山赶紧打开了这份邮件，这是一份公开邮件，看得出转给了很多部门。信的内容是这样的：

尊敬的各位公司领导：

请允许我这么称呼，因为这不是写给任何某个特定领导的，我只是想陈述一个事实，我觉得我有必要站出来，在被别人揭开事实之前说出一个真相，那样也许我心会安一些。

我是人力资源部的绩效主管杜小雅，人力资源部宋春山部长和楚莎莎助理的照片事件是我和市场总监吕明一手策划的。现在，我想把我和吕明的情况客观真实地告诉大家，因为即使我不说，这也将不再是个秘密。

我入职的时候仅仅是在介绍公司各级领导的时候见过吕明，后来跟吕明认识并同居是基于一件发生在我身上不大不小的事。在我入职半年的时候，人力资源部的绩效考核过程中我犯了一个错误，这个错误是使用平衡计分卡进行绩效评估时的局限性导致的，我认为这不是我的失误，但是宋部长批评了我并且决定扣罚我的奖金。我心里觉得很委屈。我在公司洗手间旁边哭的时候恰巧被吕明看到了，他给了我很大的安慰，而且说他跟宋部长很熟悉，会替我跟宋部长沟通的。我内心对他充满了感激，而且后来他的确帮我做了沟通。从此，我们交往逐渐多了起来，后来他告诉我他要离婚了，说对我有好感并追求了我很久，最后我答应他离婚后我就嫁给他。不管怎么样，我最终没能等到他离婚就跟他同居了。按照公司规定，是不允许公司内部成员谈恋爱或者结婚的，更不应该跟有妇之夫同居，我知道我犯了错误。

但是，如果仅仅这些，那倒好说，公司辞退我我没有怨言。关键是，在这次公司组织架构调整的时候，我又犯了一个错误。当我感觉到宋部长可能不会选我作为部长人选的时候，我把我的抱怨告诉了吕明。吕明说："公司之所以进行组织架构调整是因为他作为总监做的营销战略出了些问题，营销战略中由于没有很好地处理好大中华区和大陆地区的营销模式对接，导致大陆地区销量萎缩。"因为有这个失误，他认为他很可能会被调整下去，他打算竞聘的某个区域总经理的机会也很渺茫。因此决定背水一战，也为了我可能当不了部长出口气。

有一天，我偶然从宋部长门口过，听到屋里有哭声，我透过门缝看到楚莎莎在哭，而且看到她主动亲吻了宋部长。当时把我吓坏了，后来，我回去以后仔细想了想，突然觉得楚莎莎肯定是有目的的。他肯定想让宋部长在走之前给她安排一个主管的位置，我想到这些就觉得自己的这个位置更加岌岌可危。把这些告诉了吕明以后，吕明让我找个可靠的人跟踪宋部长和楚莎莎，说他们一定有事，他愿意拿出三万块钱办这个事，让我找个可靠的人去做这件事。我表弟在市里打工正好刚刚失业，我就让我表弟做了这件事。为了不让别人知道这事跟我们有关系，吕明特意安排我表弟租了车跟踪他们。

9 月 28 号那天，刚好下了一整天雨，我表弟看到楚莎莎在宋部长小区门口徘徊了很久就打电话给吕明，吕明打车过去之后，由我表弟开车，他偷拍了那张照片。当天晚上就在网吧里，让我表弟按照吕明给的邮件地址发给公司。事情的来龙去脉就是这样的。但是，事情并没有结束，当昨天宋部长将我表弟找到并带到我家的时候，我和吕明无论如何也没想到。更没想到宋部长已经从我表弟嘴里知道了一切。

吕明为了减轻自己的责任，今天一晚上都在要求我承担起全部责任。我觉得是我的责任我承担，不是我的，我没有必要承担。我不想让一个男人在关键的时候以牺牲一个女人的利益来获得生存和发展，那才是懦弱的和让人不齿的。一个不敢担当的男人，怎么可能给一个女人安全的感觉呢？

也许，我有些激动，但是我陈述的全部是事实。我也真诚地向宋春山部长和楚莎莎助理道歉，希望他们能够原谅我！

我愿意接受公司的处罚！

此致

敬礼

杜小雅

二〇一二年十月十五日

宋春山看完，有一种无语的感觉。

是晓燕的电话，宋春山拿起手机。

“哥，我是偷偷给你打电话哦，我接我依然姐回家呢，已经到家门口了，我巧设妙计，指使她去门口超市买冰糕了，我偷偷给你打个电话，报个喜讯哦，是真的喜讯，依然姐漂亮得我都认不出来了！你可别烧包啊，要好好表现哦，晚上请我们吃饭吧，我订好了饭店通知你，好好宰你，看你还敢对我姐厉害！”

宋春山不知道说什么好了，也许是命中注定，坏事有时候就喜欢赶到一起坏个一塌糊涂，好事来了挡也挡不住，是不是柳依然回心转意了呢？依他的理解，柳依然绝不会轻易认输的，况且，这个照片事件虽然接近尾声，但是并没有盖棺定论啊，难道她知道了消息？他有些捉摸不定。不过，既然柳依然回来了，那就是好事，就当作好事对待。

柳依然走进家门的时候，她的心突然突突地跳了起来。这是自己的家啊，怎么还会有这样的感觉。

屋里一点都不乱，宋春山是一个极其喜欢干净整洁的人，他平时都无法容忍屋里的不整洁所以总指责她。没想到，他一个人，还是保持得这么干净。

她坐下来，燕子吮着冰糕满屋子乱转着打电话，似乎在订饭店的房间。她却一点到处看一下的心思都没有，她只想静静地想想这么多天自己变了多少。她不想回忆那个晚上了，她只想知道，今天晚上如何面对那个曾经伤害过自己的人。她不想就这样不清不楚地结束，她觉得她是一只已经从旧壳里蜕变出来的蝉，以前的柳依然已经不复存在了。因为，她所有的衣服都已经太大了，伴随着那堆肥肉溜走的所有时光，还有自己不想回忆的痛苦都已经随风而去了。她已经是一个有了目标的行人，必须得快步地走，不能允许自己停下来。

她站起来，在门口的穿衣镜前，她看了看自己。是啊，一米六七的个子才110斤，她满满的自信，一个女人容貌和体型的改变会让她有脱胎换骨的感觉，那是自信的来源。

“姐，我预订了晚上燕春花园酒店618房间的大餐了啊，你赶紧跟我去买几身衣裳，回头把春山哥震呆了，保证他不敢再欺负你了！”

柳依然笑了，但是她转而严肃地对晓燕说：“他去我不去啊。”晓燕说：“怎么着啊？晚上还继续分居啊，那在一个屋里头了可就由不得你了。”柳依然动手敲了一下晓燕的头。“你还是个姑娘呢，怎么瞎说。我告诉你，我已经习惯了一个人了，他的丑事没有了结之前，不可能和好的。”晓燕说：“姐，都啥年代了啊，你就大度点吧，我都听兔子说了，春山哥对那个女的根本没感觉，那是有人陷害的。”

“打住！再说你就给我出去啊，你到底跟谁一个战壕啊？”柳依然愤愤然。

晓燕偷偷地给宋春山发了条短信：晚上，六点半，燕春花园酒店西餐厅618。同时转发给了兔子，不过她转发的时候加了三个字——你埋单！

她特别盼望晚上快点来，因为她觉得这个跟妖精一样会变来变去的依然姐得把宋春山给震成个啥样啊，她想起来就觉得会喜乐无穷，特别期望宋春山被震得翻白眼的时刻的到来，想起来，她就想笑。

宋春山的春天似乎要来了。

80

兔子非要和晓燕坐一边，柳依然不肯。

兔子说："嫂子，你这是啥意思啊，非得拆散我们前夫妻啊？"柳依然觉得可笑。"啥前夫妻啊，你不早就跟晓燕断了嘛。"晓燕说："姐，你这就不懂了，什么叫藕断丝连，知道不？给我们个再续前缘的机会呗？"柳依然心里明白，他们俩就是为了能让她和宋春山坐在一起。但是，从心眼里，柳依然并不想那样，因为她的内心还做不到原谅宋春山，她不愿意跟他坐在一起。

不过，西餐厅里那么多人，她不好意思这么执拗，只好坐下。

远远地，柳依然就看到宋春山提着公文包在寻找618。她低下头，不想在此时两股目光碰撞在一起。宋春山很快找了过来，他怔住了：这是柳依然吗？他有些不大相信自己的眼睛，死死地盯着柳依然看，仿佛在看一个被大师重新雕琢的宝贝。

"哎，哎，哥，不带这样的啊，视我们为无物啊，这还俩大活人呢！"晓燕揶揄着宋春山。

宋春山这才回过神来。"哦，哦，对不起啊！依然变化真的好大啊，我都快认不出来了！"柳依然没有理他，但是内心慢慢地自信膨胀成了高傲，她需要的就是这样的感觉。

"是啊，我第一眼看到嫂子啊，我都想上去索要个签名，都明星范了呀！"兔子开着玩笑。

宋春山挨着柳依然坐下，柳依然感到宋春山好像瘦了，自己不在家他肯定吃不好，好像还憔悴了很多，她内心生出了好多的怜悯和疼爱。她突然觉得这也不对，自己凭什么可怜他啊，他趁自己不在家跟那个女人风流的时候想到自己了吗？那颗像小草一样刚刚萌芽的温暖又瞬间冰冷了下来。

侍应生端上了头盘，有鱼子酱、鹅肝酱、熏鲑鱼。

柳依然自始至终没有正眼看宋春山一眼，一直跟兔子和晓燕说笑。

她不会让宋春山觉得自己可怜，她绝不会是一个被赶出去又流浪回来的小狗，也许以前可怜，但是现在她觉得她是一个高傲得可以把目光掠过宋春山头顶的人。她以前太在乎他了，以至于他觉得那种在乎几乎不值钱。现在，她想让他知道，那个不值钱的人不是不可以离开他，而且她还可以生活得很好。她还想让他知道，珍贵的东西一旦失去不会轻易回来，感情也是一样。她故意冷落他，想让他知道她不是回来跟他生活的，她只是想让他知道那个依附他的柳依然已经一去不返了，就如同舒婷《致橡树》里的诗句，她应该是他近旁的一株木棉，作为树的形象和他站在一起。她不会再像以前那样傻傻地爱一个人了，爱是吸引不是束缚，这是这几个月她最大的收获。至于那张照片，她当然需要一个解释，她宁愿相信那是假的，但是她无论如何也不能原谅的是两次事件都发生在同一个人身上，这怎么解释呢？即使不能说有问题，至少有暧昧是肯定的了。柳依然胸怀即使再宽阔，作为女人也无法接受这样一个现实。而这些不需要言语，她的冷漠会让他明白一切，她相信他的智慧。

宋春山不这样想，他觉得他问心无愧，可以清清白白地面对柳依然。甚至他觉得他差不多相当于柳下惠了，当代有几个能像他这样，面对一个漂亮女孩还能守身如玉的啊。他知道柳依然还在为那件事耿耿于怀，而这个照片的事让她更加耿耿于怀了。不过，一切都将大白于天下。他不过是一个无辜的被误会者，是一个幸运的倒霉蛋而已。他已经将所有的证据交给了公司，而杜小雅的信更是一个有力的佐证。他现在感觉特别的轻松。只是，他还无法马上给出一个明确的证明，不过他相信事实，事实让他问心无愧。

柳依然依然那么冰冷，让他无法捉摸透。他突然觉得他其实并不了解柳依然，他甚至不明白是什么让柳依然在这几个月里发生了如此大的变化。一个人外表的变化，折射并放大了内心的变化。柳依然能从一个肥胖的女人回归到刚刚结婚时的形象绝不是简单的减肥，也许她的内心有了他所不解的变化。是啊，人是最复杂的，哪怕是夫妻，但是他相信柳依然不会离开的，因为他离不开柳依然。他曾经一个人看着天花板问自己："如果柳依然不回来，他会怎么样？"他心里立刻隐隐作痛，那种痛会蔓延，会啃噬他的最敏感的神经，他不能容忍柳依然的形象在自己的脑海里由清晰变得模糊。今天的柳依然如同刚刚结婚时的形象，这让他内心既痛苦又甜蜜。他不知道她究竟怎么样才能懂他，他不知道他究竟怎么样做才能让她懂。

从头盘的开胃菜到最后的甜点，马上就要结束了，柳依然没有跟他正面说过一句话。回到家，他不知道今天晚上怎么打破这个僵局，他更不敢想象会不会得到久违的温存。

吃罢饭，柳依然坚持让晓燕送她回家。晓燕说：“姐，你啥意思啊，想让我们再送你们入一次洞房啊？你让我们这些剩男剩女情何以堪啊？”兔子插口说：“嫂子，这样吧，我送你回去，你不在的日子，我在你家对我哥监视居住过几天，估计还有几双臭袜子没拿走呢，正好顺便去取。”晓燕狠狠地瞪了兔子一眼，“兔子，闭上你那只臭嘴好不好！你那几只臭袜子早被我们扔垃圾箱了！”

无奈，柳依然只好坐宋春山的车回家，她坐在后排，一言不发。

已是晚上九点多了，车不是很多，灯光穿过林荫树，斑驳的树影快速地从挡风玻璃上跑走。宋春山感觉到自己的心也是斑驳的，他心里可以证明的却无法用语言来说服柳依然，这是他感到最无奈的。

柳依然的沉默让他不知所措。就像准备好了无数应急方案的医生却发现那是一个新出现的病症，感到手足无措。

……

柳依然先走出电梯，拿钥匙打开门，楼道里的灯熄灭了，屋里黑乎乎的。在她伸手去摸门口的开关的时候，她感觉有人从后面抱住了她。是他，是那种久违的、熟悉的拥抱，是她熟悉的气味，甚至连急促的呼吸声她都是那么熟悉。她一时愣住了。她本能地想转身，因为那是他们下一个不需约定的动作，拥吻。她身体动了一下，突然，好像又被另一种感觉拉回去了。咖啡厅、照片，那一幕幕让她无法释怀的东西像个黑洞吸引着她拒绝那个她渴望的温存。

她挣脱开了他，灯亮了。

一切不需要言语。

她径直走向卫生间，卸妆，洗漱。房间里只剩下伴随着宋春山踱来踱去的脚步声和叹息声。

这种声音让她很受折磨，但是她不知道如何消解。

洗漱完毕了，她去他们的房间拿了睡衣，转身走向另一个房间，大卧室里的这张床特别柔软，她喜欢，但是她还不想睡在这。

“依然，我们能好好谈谈吗?”

柳依然回过头，发现宋春山竟然点燃了一根烟，这是她不曾见到过的，宋春山是不吸烟的。

“依然，我没有做任何对不住你的事，我可以以我的人格担保，或者我可以发最毒的誓。”

他顿了顿接着说：“楚莎莎有什么想法，我管不了，但是我能管得了自己，我对她没有任何想法。但是我不能伤害人家，作为下属吃个饭并不是什么出格的事吧，她约我很多次了，我没法总拒绝。至于那张照片，那是公司的杜小雅和吕明合伙陷害我，为达到他们升职的目的偷拍的。我已经调查清楚，也把证据上交到公司了，很快就会大白于天下的。当然，那天，楚莎莎的确去找了我，原因我想可能是我要走了，她情绪有些波动。她在小区门口犹豫了两个小时才给我打的电话，当时刮着风、下着雨，我下来的时候，她几乎冻僵了。她倒在我身上的时候，跟踪了好久的吕明偷拍了我们抱在一起的照片。事实就是这样，我没有说一句谎话。如果你曾经相信过我的过去，也请你相信我的现在和我的未来。

“你走了的日子里，我对着天花板想过无数次‘我能不能没有你’，每每想到这里，我心里的痛就涌上来，吞噬了我的每根神经。我坚信我是爱你的！就算爱的方式有缺陷和不足，但是我能改，我知道你对我的关心，甚至对我约束也是一种爱的方式。我也许太浅薄了，只看到了表面，没有看到你内心对我的在乎。如果说，这是我的错，我愿意跟你道歉，甚至愿意接受你对我任何方式的惩罚，但是请你理我，理我好吗？你知道吗，每次给你打电话，被你挂断的瞬间，我的心就会冷得颤抖一次，我想跟你说声对不起，跟你解释，可是连这样的机会都没有。我发了无数条短信，但是从来没有得到你的任何回应。我当时想，你的心已经对我绝望了。但是，我相信这个绝望是可以变成希望的，因为我爱你，因为我不是你想的那样！

“你这次回来了，我听晓燕说你不是回来住的，你考上了中欧国际商学院，要去上学。我支持你，我愿意你超过我。我也明白了，你婚后辞职在家也是为了我。而且，我更知道，你不是家燕，你是一只比我飞得还快的雨燕，风浪里也许更能体现你的价值，我真的支持你。你现在也许还不能相信我，但是我相信，时间，时间会说明一切的！这次，你回来，我不奢望你的理解，我只希望你能听我说，如果能够再好一点，我希望你能明白我，这就足够了。不过，不管多久，我都会等待，等待你给我一个会心的微笑。我是有信心的，我相信那一天不会太远！”

柳依然默不做声，泪流满面。她多么想走过去抱住他，她好像发现也许她真的是太多心了，让她的爱人受了委屈，当她要转过身时，宋春山已经回到卧室，门轻轻地关上了。

她默默地回到小卧室里，她趴在床上，把脸埋在枕头里，痛哭……

不知道什么时候，晨曦透过窗帘照在柳依然的脸上，她醒了。

房间里，静静的，她看了看表，已经八点半了，宋春山应该已经上班去了。

她起来，走过客厅，看到主卧室里门虚掩着，透过门缝她看到床上已经没人了。

她坐在沙发上，发现茶几上一个盛满牛奶的玻璃杯泡在一个盛满热水的保温杯里，旁边还有鸡蛋和面包。汤匙下压着一张小纸条和一张卡。“依然，我给你准备好了一张卡，卡上我打了30万块钱，密码是我们以前常用的。我知道中欧国际商学院的学费很高的，我听晓燕说是个老板赞助的。我们不能用人家的钱，你的老公我还是有能力的，我年终会有一部分公司奖励，足够你的学费了。如果我还有什么对不起你的地方，你可以告诉我，我会改的。永远爱你的老公——春山。”在纸条的下面画了一只抱着猫咪的小老鼠——这是他们曾经的约定，柳依然说过她永远是猫，宋春山永远做她的小老鼠。

柳依然漠然相对，心里温暖的泪又不自主地流出来了。

程文斌百思不得其解，这个人是谁呢？他的博客或者信箱里几乎每天都会有这个人的留言。而且，今天更让他诧异的是，这次还给他的信箱里发来两张照片，照片里有三个好像互相追逐的女孩，但要么是背影，要么是侧影，看不清楚面部，还写道："你能知道哪个是我吗？如果我们心有灵犀，你一定会知道的。"后面还有三个笑脸图案。他看不出背景是哪里，好像是个公园吧，另一张照片是近景，但是只看到一个身材苗条穿着很时尚的二十五六岁的女孩，女孩的面部被一个红色的心形图案覆盖着。他不知道下一步应该怎么处理才好。而且，在他心里，一种一探究竟的冲动越来越强烈。他仔细地辨认着这个看不到面容的女孩，仔细地在那三个嬉戏的女孩里搜寻她的身影，他遍寻自己的记忆，想知道生活中有哪个影像跟这个女孩相似。几乎穷尽了他的记忆，他依然无法想象出到底是谁。

"爸爸，这个漂亮的女孩是谁啊？怎么看不到脸呀？"正在入神的程文斌被吓了一跳，不知道什么时候恰恰跑了过来，今天是星期天，他以为她会起得很晚。

“老程，这是谁啊?”没想到跟在恰恰后面的还有柳慧，今天柳慧也不值班。

程文斌本能地把主页关了，他心里突然有些慌乱，突突地直跳，其实他本可以不这么慌乱的。

“哦，哦，不知道，不知道谁胡乱发的照片。”程文斌应付着。

“不知道是谁，那你紧张什么啊 ?”柳慧诘问。

“呵呵，呵呵，我紧张吗?开玩笑，我紧张什么?”程文斌故作自然，双腿却不自然地抖动起来。

“老程，你的腿一抖就说明有问题，你一紧张腿就爱抖。”柳慧直揭程文斌的要害，的确，这是他致命的不足，一紧张腿就自然地抖动。他赶紧控制自己的腿，脸色却有些不自然。他心里暗暗恨自己：本来没问题，这样一来反倒跟有问题一样了!

“打开，打开，我们看看，让我们也欣赏欣赏。”柳慧直接命令程文斌。

程文斌后悔得要死。柳慧一般轻易不会进入他的书房，“唉，这真是天命绝我啊!”程文斌的手一直死死地控制着鼠标，他犹豫着是不是打开那个网页。

“柳慧，你别神经过敏啊，你还不相信我啊。”程文斌没有打开网页却故作轻松地打开了搜狐新闻。

“嗯，这次我还真不怎么相信你，你这人说不得谎，说了谎都会带相的。”

程文斌对自己恨得要死，自己也就只能当个老师，绝不可能做了《潜伏》里的余则成，整天跟敌人说谎，那得要多大的心理压力啊，还别说自己啥事都没干就这样了。

“不打开是吧？好，程文斌，我还不看了，你不要后悔啊！”柳慧的话说得很平静，但是却字字千钧，让程文斌左也不是，右也不是。这事，他能说得清楚吗？柳慧会相信吗？

“恰恰，走，去你姥姥家！”柳慧对恰恰下了指示。

“我还没洗脸呢。”

“去姥姥家洗！”

“哎，柳慧，我问心无愧啊。我……你别误会啊，我给你解释，你别冤枉我啊。”程文斌不知道怎么说才能让自己更显得清白。

“你，做贼心虚！”

门“砰”的一声关上了。

程文斌站起来，几步走到门口，打开门，她们已经下去了。

程文斌给柳慧打电话，她也不接。程文斌跺着脚埋怨自己不该早晨起来就看自己的邮箱，痛心疾首地后悔自己无事生非。这不是纯粹给自己找麻烦吗？或者是熟人的玩笑，或者是个暗恋自己的人，那跟自己有什么关系啊，自己如今却百口难辩。他现在后悔把网页关了，有什么呀，别人就算是暗恋自己，也与己无关啊，我自己紧张什么啊！他对自己气得要死。

程文斌拿起手机给老葛打电话，等了半天老葛才接电话，说话还迷迷糊糊的：“干啥啊，大早晨的，你不睡也不许别人睡啊，自私啊!”老葛嘟囔着埋怨。

“老葛，救命，我比窦娥还冤枉啊，就差六月飞雪了!”程文斌没头没脑的一句话让老葛一时没反应过来。

“啥叫比窦娥还冤啊，谁冤你了?”老葛问。

“唉，说不清楚，有个人老是给我发些暧昧的邮件，在我的博客里留一些暧昧的留言，这次还发了两张照片，让柳慧给发现了。”程文斌急促地描述了下过程。

“哦，是胡老师吧，呵呵，那好说，让胡老师给解释一下不就得了，你下班就回家，也没机会啊，不难，不难!”老葛自以为是地分析道。

“老葛，能严肃点不?你再这么不负责任，我可跟你急啊!”程文斌真的急了。

老葛这才让他慢慢地说说过程。

程文斌就把早晨的事说了一遍。没想到老葛听了哈哈大笑。“老程，你也太丢人了吧，你激动个啥啊，人家的面都没见过，你就紧张成那样，难怪你老婆怀疑你。这么着吧，我给你出个主意，你回头去你丈人家请柳慧回来，请求她一定一起帮你分析分析这件事，女人啊就怕男人有秘密，只要你的秘密不是秘密了，那啥问题都没有。我给你出的主意绝对有效，不信你试试。你老婆是个直性子，你有一说一。”

“我是有一说一的啊。”程文斌插话道。

“你那个有一说一是啥有一说一啊，你怎么不敢让人家看那网页啊?”

“我是怕她误会。”程文斌说道。

“呵呵，不让人家看才会让她误会。你这点女性心理学知识都没有啊？我看你是紧张的，不过，可以说明，你没干过坏事，就你这水平也干不来坏事。”

程文斌满脸羞愧。

“去吧，找你老婆坦白去吧，当她跟你站在一个战壕里去寻找和对付那个美女的时候，你就不用操心了。哦，对了，你不会是对那个美女真的有点意思吧？呵呵！”老葛不怀好意地笑了一下。

“老葛，你不厚道啊，你还不知道我啊，君子爱色取之有道，我哪有那个心思啊！”

“老程，孔子对你有意见了啊，既然如此，那你就按我说的做，错了包换。好了，我继续睡了啊。”

程文斌突然觉得自己很没用，怎么啥事都没有就乱了阵脚呢?！自毁长城啊！看来，自己不堪大用啊！

他换了衣服，也下楼去了。

柳依然发现几乎没什么衣服她能穿了，即使穿上也像袍子一样。她只带了几件过冬的大衣，其他的只能再买了，不过，这倒让她有些欣慰，她甚至因此而有些高兴。她也觉得应该有个新形象，衣服要体现人的精神，是人的符号。过去的她已经过去了，那么那个符号也要发生改变。

她没有给宋春山留下任何字迹，她觉得没那必要。一切的语言都是多余的。时间最终会说明一切，她赞同宋春山的那句话。既然如此那就让时间来说话吧。

她没有告诉晓燕和兔子她什么时候走，已经够麻烦人家的了。她还是想悄悄地离开这个城市，她相信这次的离开是为了更加快乐的回来，她对自己、对这个家还是充满了希望的。

那个人，只能把他留在这了，悄悄地走，不带走一片云彩，但是却带走一丝留恋，一丝遗憾。没有遗憾的完美，不是真的完美，有缺陷才会有对圆满的期待，那就留下期待吧。

她把屋子收拾好，一切都看起来那么整齐，她走了，这屋子里只会留下一个主人了。

柳依然的课不是全日制的，但是也要集中一段时间去学习。

安老板知道柳依然要去中欧国际商学院学习了，一定坚持搞个什么饯行的宴会。老葛表示赞同。程文斌觉得不妥，本来人家安老板出资助学就够意思了，还让人家搞什么饯行的宴会。柳依然更是坚决反对。僵持了好几天了，也没定下来。

这天，老葛又给程文斌打电话：“老程，你可忒啰嗦啊，人家安老板都催我三遍了，说给你也打了两遍电话了。人家名义上说是给柳小姨子搞个饯行，实际上还不是想大家一起聚聚。叫上胡老师等我们一帮子沙龙的人。人家安老板就是图个能跟咱们畅所欲言，你别老学究样的啊，我都答应安老板了。明天周五晚上六点半，建设大街的光明渔港大酒店 208 房间。你通知你小姨子啊。”老葛打完电话就要挂，程文斌赶紧说：“别挂，老葛，这次还是我请吧，不好意思老让人家安老板请客，尤其这次是我小姨子去上学。”程文斌很真诚地说。

“老程，你别那么多事了，你小姨子也就是个幌子，大家借这么个机会聚聚，你也不用请。要是你请的话，安老板觉得没面子，他恨不得天天跟咱们混在一起呢！听我的，明天晚上你带着‘幌子’到场就行。”

程文斌无语了，他正在想是直接打电话给柳依然呢还是让柳慧告诉她妹妹呢？

柳慧冷不丁进了书房。

86

“你能不能敲下门啊，冷不丁地吓我一跳！”程文斌有些抱怨地说。

“怎么着啊，是不是得给你雇个书童啊，我进来之前先通禀一下，程大教授批准了我才能进来啊？再说了，这也是我的书房啊，只是我坐班用得少，被你鸠占鹊巢了，还敲门?！干脆你锁上门得了，不知道你又在这里头干什么勾当呢？”柳慧劈头盖脸地一阵讽刺挖苦顺带着打击。

程文斌急了，“什么勾当？什么勾当？你说什么勾当？我对你有秘密吗？博客和信箱的密码都给你了，还有什么勾当？”

柳慧说：“是，能给的密码是给了，那不能给的你不说我也不知道啊。”

程文斌更急了，气得脸都发红了。“柳慧，你，你，你诬陷人！你太过分了，你整天就跟个王母娘娘一样，对我颐指气使，你是主任，我也是主任，凭什么被你呼来喝去的，你太过分了！太过分！”

柳慧看程文斌气得脸由红变白，真怕气出个好歹来，放松了语气但是又不甘示弱地说：“你着什么急啊，我也没说什么啊？怎么着啊你？我是王母娘娘？你想像孙猴子一样大闹蟠桃宴、大闹天宫啊，造反啊你？”

说完了，看程文斌没反驳，接着又有点挑衅地说：“你说你是不是自卑啊？老程，什么主任不主任的啊，是不是你觉得没那么多人像求我办事一样求你，你心里不平衡啊？是，医院只要你当个医生，卖药的要求你，看病的要求你，可医生担多大风险啊？我整天加班还得做家务，做好饭了叫你五六次都不带动的，你怎么就不说了？你们一个教研室就那么七八个人，屁事没有，回来就往书房里一坐，你知足吧。我看你是被我惯坏了，越惯越长脾气啊你？你是不是觉得在单位没机会要威风回家就要给咱家定个规矩啊？进书房还得敲门？你凭啥啊，老程，你说，你买过几次菜？你拖过几次地？拖个地吧，就像画花脸，东一下子，西一下子的，你给日本鬼子干活呢？”柳慧越说越来气，“你不干活也就算了，还整天上网勾搭小姑娘，我就不信，你要是没有花花心眼，人家就给你发啥照片啊，还搞这猫捉老鼠的游戏，你够浪漫的啊！不是，是浪，够浪的！名义上什么都告诉我了，背地里你的花花肠子什么样我哪里知道，我可没你那么多心眼。以后，你下了课就回来，别总以请客吃饭的名义搞什么恶心的活动。你以为我不知道啊，那个胡老师，恨不得天天守着你问问题呢，看那眼神就不对，你别以为谁都是傻子，哼!”

程文斌气得咬牙切齿却又哑口无言。他就这个毛病，越着急越不会说话。

程文斌站起来，“啪”的一声一拍桌子。“我，我就要造反了！怎么着？怎么着?”

程文斌喘着粗气，脸色发白，双目圆睁瞪着柳慧。

柳慧转身走出了书房，留下程文斌一个人“造反”，造自己的反，造一会儿就没意思了。他颓然地坐在椅子上。柳慧早就熟悉了程文斌的这个套路。程文斌最生气的时候就是拍桌子，双目圆睁，这个套路演练了二十年了。柳慧知道什么时候该结束，否则就会造成恶劣后果：程文斌会不吃不喝，绝食一样地生气。说实话，柳慧舍不得他那样。所以，柳慧很识趣地走开，再说她已经胜利了，见好就收，她懂。

她从心里也觉得程文斌不会出什么大事，因为他说不得谎，只要说谎就会露出马脚。程文斌去柳慧父母家给柳慧道歉，请她回去的时候，他就坦白得清清楚楚的，她知道那不怨他，她也看过那些留言和照片了。但是，作为一个女人，有人暗恋自己的老公总是会按捺不住地吃醋，想到就醋意浓浓。柳慧不是神仙，她做不到超脱于外，所以，当她听到老葛打电话让程文斌又去吃什么饭，心里就别扭，走近了听到还有什么胡老师，她就气不打一处来。不过，胡老师跟柳依然关系特别好，她知道胡老师也不可能怎么样，但是自从从柳依然嘴里知道胡老师最佩服的是程文斌，她就对胡老师这个名字感到很不自在。那次去安老板的豆蔻庄园，她明显感觉到胡老师对程文斌的仰慕，胡老师那一双大眼睛总是在程文斌面前忽闪忽闪的，总有探讨不完的问题，当着柳慧的面她也毫不顾忌地一个劲儿夸程文斌。“程老师，你好厉害啊！”“程老师，我怎么就没想到呢。”“程老师，你太深奥了！”柳慧满脸的不愉快，她也看不出来。反倒是柳依然劝她姐心胸开阔点，说胡老师根本就没别的意思。

老公就是女人的一亩三分地，在这一亩三分地里只能由老婆说了算。别的女人，哪怕是过来瞅瞅，这地的主人也会像非洲獴一样立刻充满敌意的。可惜，这个理论柳慧没有能够传达给胡老师，胡老师一如既往地“热爱”着她的老公程文斌，这只能让柳慧把一腔怨愤撒在程文斌头上。赶上个容易生气的生理周期，程文斌难免会被无缘无故地修理一下。这也就怨不得程文斌说柳慧是王母娘娘了。

其实，王母娘娘挺不错的，神经内科本来就是医院最累的科室，更不要说是科室主任了，还有很多科研任务和教学任务。但是，柳慧从来没有忘记照顾程文斌，哪怕出差个三五天，每天的蔬菜都会买得够够的，出差三天就写三天的食谱，出差五天就写五天的食谱，挂在厨房的门口，每天程文斌只需要像照方抓药一样从冰箱里取出食物按照柳慧的安排做熟饭就行了。更不要说，哪怕隔千里之遥都会时刻嘱咐程文斌该注意什么、该干什么。这就是程文斌所谓的“颐指气使”。其实，那是柳慧关心他和孩子的一种方式，谁能说这样的方式是错的呢？作为老婆，管得少了呢，那是缺乏家庭责任；管得多了呢，那就是约束。程文斌觉得自己很受约束，总想造个反，大闹一次天宫。可是，总是很倒霉，没有孙猴子幸运，每次都被柳慧这个王母娘娘斗败了。

他们夫妻就是在这样的小吵小闹中走了快二十年了，恩爱也许根本就没有固定的形式，即使程文斌不喜欢柳慧的这种爱，他也无法拒绝，于是，日子就这样一天一天地走过。每个家庭的幸福原本就没有标准，酸甜苦辣咸本就是相对的，少了一种味道就会觉得缺了什么。人生也不过如此吧。

88

吃完饭，安老板派司机送柳依然她们回家，程文斌和老葛一起骑自行车回家。

“老葛，我怎么觉得安老板今天情绪有些不高啊，是不是有什么事？”程文斌问。

“嗯，是，我也是今天上午才知道的，安老板说有风声，中纪委开始查涂副省长了，这对安老板很不利啊，安老板的这些地产业务都是涂副省长关照的，他自然也从安老板这拿了不少钱啊。”

“哦，怨不得啊！唉，这次真不该搞什么饯行，人家在这个情况下还得过来陪咱们。”程文斌有些不安。

“我知道后也跟安老板说取消吧，但是安老板坚持要请。安老板这人还是很厚道的，毕竟都是农民出身的。哪天安老板真要出了事，你说是谁的原因?”老葛突然问程文斌。

程文斌想了想说：“我看不是某个人的原因，是制度，制度出了问题，制度里的人就必然出问题。土地财政的政策从某种意义上是鼓励政府卖地为生啊，政府本是个管理者，开始做起了土地生意，又做裁判又当运动员，不出问题才怪，哪个房地产商不是削尖了脑袋想与权势人物结合啊，否则你凭什么得到政府支持呢。这就是为什么当代老板都喜欢当红顶商人啊。”程文斌的一席话让老葛吃惊不小。

“老程，深刻！地是有限的，政府的地开发完了，就要开发‘有主’的地了，与民争地的结果最终会使社会矛盾上升，土地财政是不可持续的。但问题是，只要政府土地财政不改变，房价就不会掉下去，房价不会掉下去，房地产商就一定会想尽办法趋炎附势的，房地产的成本就一定不会降下来，恶性循环啊!”

说完，两个人都沉默不语，都为安老板的命运担忧起来。

宋春山终于等来了公司的调查结论，是以电子通报的形式通知到中高层领导的。可见，公司还是考虑到这个问题涉及个人隐私并没有全司通报。但，这并不是让宋春山完全满意的那个结论。通报上主要有三个内容，第一，调查认为吕明和杜小雅的行为违反了公司纪律及双方签署的劳动合同，并以达到个人目的侵犯他人隐私属于违背职业道德行为。第二，调查认为没有明确证据证明宋春山与楚莎莎有违公司纪律和双方签署劳动合同的行为，但是认为两位员工未能处理好上下属关系。第三，公司取消吕明竞聘区域总经理的资格，并提请吕明、杜小雅两位员工自动辞职，提请宋春山与楚莎莎两位员工对上下属关系行为进行自省，并于收到通报的一周内上交自省报告至行政部。

通报里没有宋春山所期望的对自己诬陷的认定，甚至还要求自己自省，他不知道自己怎么自省。这明明是他们对自己的诬陷嘛！杜小雅的公开信已经说明了所有问题啊，怎么还要让自己自省呢？他“啪”的一拳砸在桌子上，此时，电话铃响了。“宋部长，请来一下我办公室，我受公司委托要找您谈话。”是行政部部长欧阳克文。

“宋部长，请坐！”欧阳克文让助理给宋春山端来一杯咖啡。“宋部长，我想您已经看了公司的电子通报了吧，您有什么想法？”欧阳克文表露出公事公办的态度。宋春山知道，他的想法很快就会反馈到威廉总那里，为什么威廉不找他亲自谈呢？嗯，也许是为了有个缓冲吧，毕竟威廉是他的上司，一旦宋春山提出别的要求，那或者会让威廉为难，或者会让宋春山没有面子，这都不好。如果非要威廉表态，那威廉的表态就代表了公司，那可能就是金口玉言无法更改了。他暗暗佩服威廉的世故圆滑，这个英国籍的冰岛人颇有点头脑，对中国的人情事理简直是门儿清。宋春山又想，威廉让欧阳克文来跟他沟通，安抚的成分居多，满足自己要求的可能性小。他应该既要表达出自己的委屈和不满，又要顾全大局，至少让威廉觉得对他有些亏欠的意思。

“欧阳部长，我向公司提交证据的时候就已经说明了，这是一种诬陷，而且杜小雅的公开信更印证了这个诬陷，通报里不仅没有对这个诬陷行为进行认定，还认为我没有处理好上下属关系。你也知道，TIMES公司员工下班或者加班后相约同事吃个茶点那不是很正常的事吗？如果说那张照片是事实，楚莎莎已经说明了啊，上司离开岗位个别员工情感波动，您做行政部的领导也应该有体会吧？”宋春山一气呵成，陈述了自己的看法。欧阳克文笑了笑，突然亲近起来。“老宋，咱们是老哥们儿了，我知道你就会有这样的想法，威廉总也想到了。但是，你要知道啊，诬陷这个词属于法律用语，作为咱们公司只能就事实下个结论，不能用法律术语进行宣判嘛！对方都要辞职了，你心胸也要开阔一下嘛，威廉总认为你还是很有能力的，这次通报没有对你用批评的字眼，已经很不错了。你想啊，毕竟照片是个事实，自己的下属跑到自己怀里来，无论如何也不能说正常吧。老宋，事情想开点啊。不就是写个自省报告吗，那是唬唬大家的，你写成啥样，我都照批，好吗？威廉总还等着你竞聘区域经理呢，凭你的人气，这点小事不伤你的毫毛啊，看得长远点，长远点！好好准备一下，该到新岗位走马上任了。”说完，欧阳克文很亲热地拍拍宋春山的肩膀。宋春山明白，欧阳克文就是个老油条，行政部的人什么事没见过啊。跟他再说别的只能是白费唾沫了。宋春山想，至少，他的看法欧阳这厮肯定会转给威廉的，这就足够了。得饶人处且饶人吧。

见宋春山低头不语。欧阳克文像想起来什么，说：“老宋，你那现在缺个主管啊，你得考虑个人选啊。不过呢，我给威廉提了个建议，建议让楚莎莎代管杜小雅的业务，说代管，实际上等于是上岗，毕竟这场风波刚刚结束，公司进行明文通知不合适，你自己安排吧，你的意见呢?”宋春山一怔，看来公司并不打算批准楚莎莎的辞职申请。欧阳这个家伙，卖个好给我，由谁代管部长说了算，你欧阳克文算哪棵葱啊，还向威廉提了建议，打死也不信？不过，宋春山还得表面称谢。

风波就算过去了，宋春山只能接受现实，未来还有很重要的事等着他去做呢。

宋春山的竞聘一帆风顺，公司任命他为华东区总经理，办公地点在上海。这是最有潜力的一个区，看来威廉还是非常重视他的，他一定要做出业绩证明自己不只是会做人力资源，市场管理也不在话下。

走之前，他要解决一件事，就是楚莎莎的转正问题。至于他的下一任部长，他已经想好了，挖管理部杨部长的手下郑智慧来做，这是他和老杨的默契，他打算联合老杨一起向公司提出这个建议。郑智慧是老杨的心腹，老杨跟他是铁哥们儿，郑智慧以后做了部长自然也不会怠慢自己。况且，这次他和老杨一起提名推荐郑智慧，不仅郑智慧会感恩戴德，老杨也会觉得自己够哥们儿。以后华东区需要什么人力资源，应该是很顺手的事。宋春山不得不为自己留个私心，公司政治也是门学问啊，搞不好也是要翻船的，搞得好，那会顺风顺水的，他非常清楚这一点。至于温自成他们，那对不起了，不是宋春山我不仁义，是你们太不思进取，你们继续窝里斗吧，看新部长怎么收拾你们。他深为自己的安排而得意。

电话响了，兔子打来的。

“哥，张处长被双规了，听说苏处长也自身难保，可能会牵扯到我们公司，你看这怎么办？”听得出兔子很着急。

宋春山一下子没反应过来，什么张处长、苏处长的？正犹豫间，兔子说：“就是上次你陪我请客的那次，城管局的。”宋春山这才明白过来。哦，原来是那俩家伙，他暗自庆幸该抓，可是一想也是啊，兔子公司肯定给他们俩送过不少钱啊，这属于行贿啊。行贿虽然没有受贿严重，但是也是违法犯罪啊。

“兔子，你别着急，万事都有对应之策，不可乱了阵脚，你现在在哪啊？”

“我在公司里，唉，真是祸不单行啊，郑一鹤的龙哥被监视居住了，很可能是因为垄断市场的事，他的马仔众多，没准谁犯事了，给供出来了，说不定哪天龙哥就可能被拘啊，两边都可能会涉及郑一鹤，郑一鹤正整天跑这事呢。”

“兔子，你该怎么运行你的公司你怎么运行，毕竟你是负责技术和管理的，说破天来，你责任也不会大到哪去。郑一鹤是个好哥们儿，咱们该怎么帮怎么帮，晚上你到我那吧。我做几个菜，咱们好好商量一下，我估计再过一周就走了，也正好好好聚聚。对了，叫上晓燕和一鹤吧。”

挂断电话，宋春山陷入了沉思：兔子不会有事吧？

91

宋春山下班直奔菜市场，他想做几个拿手的饭菜给兄弟们尝尝。他要走了，也许以后没有那么多机会常在一起了，这都是他人生中的铁哥们儿姐们儿，在他的心中地位无比重要。古人说："落地为兄弟，何必骨肉亲"。他人生中最幸运的是遇到了兔子这样的一帮患难朋友，虽然他对郑一鹤还不是那么了解，但是通过"照片事件"，他能感觉到一鹤的那种为朋友两肋插刀的豪气，他喜欢这样的朋友。而晓燕，其实更应该说是依然的朋友，但是对自己也满是巾帼豪气，为他和依然的事不计代价地关心。上哪里找这样的好朋友啊，他真觉得挺知足的。可是，他又无法言谢，那太浅薄了，甚至是对这样的朋友关系的侮辱。当然，以后他还会关心和帮助他们，但那是以后。今天，他只想给他们做一手好饭菜，让他们在自己的家里无拘无束地聊天，这才是真兄弟间的感觉。况且，兔子他们正遇上了劫难，他也想知道该怎么帮他们一把。

宋春山看看桌上的菜：宫保鸡丁、鱼香肉丝、红烧鱼，凉菜有他从菜市场买来的卤牛肉、卤煮鸡。他正琢磨着还应该再做个什么菜的时候，传来了敲门的声音。

他们来了。

"哥，难得啊，这辈子头一次尝你的手艺。"晓燕快言快语。"不，不，我不是啊，我吃过他的疙瘩汤啊，吃的时候，我找半天没找到疙瘩，光看见面汤了。”兔子道。“那疙瘩呢？”晓燕问。“疙瘩就一个大个的，他不好意思让我看见就独吞了。”大家哈哈大笑。宋春山说：“揭人不揭短啊，兔子，你犯忌讳了啊！”

晓燕突然拿出一个包装好的大纸包，上面还有个装饰的红丝带。“哥，我们送你的。”宋春山接过来，弄不清里面包的什么。兔子却抢着说：“女人做派！来的路上晓燕非得要给你买个礼物，我说买啥礼物啊，他又不是不回来了。她非得拗着我们去买，还非代表着我俩给你买，你说这不是绑架我们给你送礼嘛，强奸民意啊！”晓燕打了兔子一下说：“讨厌！讨厌！”兔子这家伙，就不会讨晓燕的好。宋春山笑着接了过来。郑一鹤说：“哥，能亲自给我们下厨，这不是一般的请客啊！这么着吧，我也露一手，让春山哥走了还想着我！”兔子一拍手说：“好，好，溜肥肠，溜肥肠。一鹤，你就馋死我吧，多少天没给我做了！”“错，不是溜肥肠，上哪找肥肠去啊？油酥咕噜肉——看门的绝技，从未示人的！”说完，对宋春山说：“哥，你这不会没猪肉吧？”“有，有，我还正琢磨再做个啥菜呢？”兔子说：“郑一鹤，你这人不厚道啊，一起吃了那么多次饭，也没让我尝尝。”郑一鹤故作严肃地对兔子说：“你，不够级别！”于是，撸胳膊挽袖子，要大干一场的样子。

饭菜都好了。宋春山招呼大家坐定。

宋春山端起酒杯，看着大家，心里突然一阵激动，却不知道说什么好，端着酒杯停了一会儿才说：“哥哥我，有你们这帮兄弟，值了，干！”说着，一仰脖，干了。大家好像被他感染了，也全干了。晓燕说：“哥，你走了，依然姐怎么办啊？总不能老这样吧?”宋春山想了想说:“你也知道你依然姐是个有个性的人,我不能强迫她干什么,好在她去中欧国际商学院上学了。也好,她会找到她的价值所在的。”晓燕低下头,心里觉得好像缺了些什么。

兔子举起杯,“哥,我敬你!你是我亲哥!”话刚说完,酒已入肚。宋春山的眼圈有些红,他不知道怎么回事,一个大老爷们,今天怎么这么脆弱呢?他没说话,也干了。

郑一鹤也端起酒杯,“哥,这里面我认识你时间最短了。但是听兔子说你的名字那可是很久了,早就想见见大哥。兔子说你人正、义气,对兔子像亲哥一样,我打心眼里想认识你,我最佩服义气的人了。兔子总怕我抢跑了你似的不带我见你。今生,有缘认识大哥,是我的福气!我先干为敬!”郑一鹤一脸真诚。

宋春山给郑一鹤倒上酒,把酒杯端起来送到郑一鹤面前,郑一鹤受宠若惊一样的赶紧端住。

“一鹤,患难见真情!我的这次事上,你比兔子还卖力气,没有你,就不可能有我现在,这是我的心里话,也是藏在我心里早就想说的话,今天我借这个机会把它说出来。但我不想说谢,那个字不适合我们兄弟间的情谊。兔子是我的亲兄弟,但是他一个太少了,有了你,我心里更踏实,为了你能认我这个大哥,我干了!”

郑一鹤满眼含泪。“哥,我没兄弟,初中毕业那年,我父母出了车祸都走了,剩下我一个人四处漂泊,过的是有一天没一天的日子。兔子拿我当亲兄弟,没忘过我,从家里拿了钱给我。高中三年,他每天中午晚上买饭都是买双份的,给我留一份……”

说着说着，一个七尺的汉子哇哇地哭了起来。晓燕也被感动得哭泣不止，她从没觉得兔子还这么仁义，这么重友情。大家都红着眼圈。郑一鹤接着说：“从那时起，我就发誓，兔子是我一生的兄弟，哪天我要是发达了，我第一个要报恩的就是兔子。”兔子拍拍郑一鹤说：“说那个干吗，这不是咱们相依为命了嘛。”晓燕看了兔子一眼，颇有些嫉妒他们兄弟间的关系。

92

宋春山也为他们这样的友情深受感动，他知道兔子义气、重情义，没想到还有这样一段故事，这是他所不知道的。

“哥，该我了，我没有别的祝福的，就想让你跟依然姐赶紧和好，我可不想老在你们之间受夹板气啊！”晓燕想让气氛轻松一下。

宋春山本不想让晓燕喝酒，晓燕是海量。他知道，但是他觉得一个女孩还是不喝酒好，可是晓燕坚持跟他们一样，一饮而尽。

宋春山此时感觉最幸福，人生有一两个知己足矣，他已经不止一两个了，他挺知足的。

“兔子，一鹤，你们的事怎么着呢？上次你打了电话，我就一直担心，有没有解决思路？”宋春山问兔子。

“姓张的和姓苏的这两个家伙太张扬了，被人举报了。两个家伙太黑，所有的城管的项目都要宰一刀，估计每人都收了上千万了，判个死刑都够了。从我们这拿的还不算多。已经立案转到了公安局，给你打电话的前一天，公安局找我们谈话了。无非就是固定证据，但是因未涉及行贿，我被保释了。”郑一鹤很轻松地说。

“哦，那也得想办法啊，你们给了他们多少？”

“一人十万。”郑一鹤说，宋春山突然想到那天吃饭兔子伸着五个手指来回翻了一下。

“这够上判刑了呀！”宋春山突然紧张了起来。

“嗯，是，这不是郑一鹤正在找他公安局的哥们儿活动呢吗，关键是那俩小子，被纪委一吓唬，啥都秃噜出来了，让我们很被动。”兔子说。

“哦，看来问题还没完，你们还得做好心理准备啊，那俩家伙，为了推脱责任什么话都可能说出来的。”宋春山提醒他们。

“嗯，放心吧哥，不会有事的。”郑一鹤说。

“听兔子说，你那个龙哥也进去了？”宋春山好像想起了什么。

“是，龙哥在咱们石门市经营多年了，上下都是人脉，就是进去也进去了好多次了，不应该是个问题。龙哥其实早就做正经生意了，凝脂洗浴中心，天宫一号 KTV，市里好多的产业都是龙哥的，里面的水很深，大部分都有省里‘皇亲国戚’的股份。这次，有个兄弟不按道上的来，想捞点外快，让一个企业老板拿双份，没想到那老板的后台是市公安局一个副局长的亲戚，实际上相当于副局长的产业。被弄进去后，还说是龙哥的指示，你说这不是碰枪口上了吗？现在，龙哥已经出来了，可是这个副局长把这事捅上头去了，上头不是正在‘打黑’嘛，就怕按照‘打黑’来处理，那就麻烦了。关键是，这不刚换了省委书记嘛，碰上新官上任三把火的就倒霉了。不过，打断了骨头连着筋，龙哥的产业也是‘皇亲国戚’们的，他们会想办法的。”

郑一鹤的一番话，让宋春山颇感自己的渺小，只有听的份，他本来还想帮帮他们，可是在这样的社会层面里，他渺小得如同大海里的一滴水。

93

中欧国际商学院果真是一个名副其实的著名学府，不愧被称作“世界级企业家的摇篮”。

柳依然不仅觉得这里的环境好，而且认为关键是这里的独特的教学方法和学员们丰富多彩的从业经历能够让她更加真实地了解真实的管理、真实的市场。让她学会真实地把企业、市场、战略联系在一起。

每周一次的专题沙龙，让大家可以就某个话题畅所欲言。上课时，老师的案例分析与讨论总是能够给她极大的启发。尤其是那些同学的发言，有时候简直让她震撼。她意识到，想成为一个真正的企业家，没有理论是不行的，光有理论也绝对是不行的。中欧国际商学院与对学生的选择，刚好让理论和实践在这个平台上产生了对接和互动。

她的同学中有个人特别让她注意，那就是文智。文智其貌不扬，但是已经是一个跨国公司的老板，他不到四十岁就已经成为法国著名香水品牌的原料供应商，而他以前只有高中文化，没有上过大学。所有的一切大学的课程知识都是他旁听获得的，他在管理自己的企业之余，从来没有把时间用来去泡酒吧，几年的时间，旁听了几十门大学的课程，听老师说他是被特招进来的。

本周五下午有一个人力资源专题沙龙——《论人的管理潜力的挖掘与定位》。柳依然决定好好准备一下，这是她熟悉的领域，她也已经有了一些想法，她不能光做一个听众，只分享别人的思考，她也要展示一下自己的能力，印证一下自己的想法是一个什么水平。

周五下午两点半，柳依然准时来到了思源楼的 612 教室，这是今天沙龙会议的地点。

没想到，主持人正是文智，她觉得挺有意思，沙龙从来都是自荐做主持的，而且只发通知，不会组织和要求每个同学都参加。也只有感兴趣的人才会去。申请做专题沙龙主持说明文智肯定是非常感兴趣。

房间里有十几个同学，年龄都跟柳依然差不太多，大多数是三十几岁的。这也可以理解，毕竟人力资源属于公司管理中的局部性问题，更微观一些，那些特别有成就的大老板感兴趣的应该是更宏观的问题。

“诸位，静一下，今天我来做这次沙龙的主持人，我个人大家都熟悉了，就不介绍了，我想说的是，我为什么感兴趣做这个专题沙龙的主持人。这是因为发生在我公司的一件事让我深受触动，觉得一个老板，如果不能重视人力资源的管理，那么其他一切话题都将变得无意义。松下幸之助认为‘一个人的能力是有限的，如果只靠一个人的智慧指挥一切，即使一时取得惊人的进展，也肯定会有行不通的一天。’我特别欣赏，甚至崇拜松下幸之助的这句话。因为，没有人就没有一切。你可能更想知道我的公司里发生过一件什么事让我受到了触动？不要着急，我会在大家发言的时候把这个故事讲出来，我想让诸位的智慧给我这个故事做个解。今天的沙龙也许更像一个案例剖析会，我公司发生的那件事也许就是要用你们的观点和思路来解释的问题。不知道大家，有没有这个兴趣?”大家一致说好，文智的发言让大家耳目一新，这的确是一次特别的沙龙。

柳依然静静地期待着，她希望她的观点、她的想法能针对文智的那个故事，一语中的。

大家说，文总你还是先讲你的故事吧，否则我们的发言就太没有针对性了。

文智说：“那好吧，反正大家都是高人，跟高人就不需要卖关子了。大家都用过香水，甚至有人还特别喜欢用香水。至少我们同学中就有，你们用的什么香水，甚至是什么牌子的香水，我一闻就能闻出来。”在座的发出了一声惊叹，有人摇摇头。文智接着说：“不信吗？我可不是忽悠你们，咱们可以现场试试。这样吧，我只要从用香水的同学旁边走过，就可以在一分钟内告诉你用的香水的品牌和香型，信不信?”大家没说话。文智说：“光说不练是假把式，现在就开始。”

文智从最后一排依次在每个使用香水的同学旁稍作停留，好像也不是很经意。

“鲁跃华，你用的是兰蔻男士香水，混合香型。”

“左从涵，你用的是雅诗兰黛淡香玫瑰香水。”

“嗯，于亚芳，你用的是 Tresor，中文名字叫璀璨 ，其实和香奈儿是一个厂家的，也是混合香型。”

“罗文娟，你用的是啊，嗯，香奈儿 5 号，法国传统名牌香水，花醛清香型。”

文智一路走过，只要是有使用香水的同学，他都说对了，走到司徒文勇面前的时候，刚开始没有什么变化，后来低下头仔细闻了好一会，然后摇摇头说：“不好意思，文勇，你是不是用了混合香水啊?”他刚说完，司徒文勇的脸一下子红了起来，同学中有人说：“文智啊，别闻了，刚才他女秘书刚来找他汇报过工作。”大家哄堂大笑，司徒文勇的脸红得跟喝了酒一样了。

文智也笑了，却不受影响依次闻过去。走到柳依然身边，柳依然没有用香水的习惯，但文智还是停留了一下，然后说：“依然没有用香水，但是你用的化妆品里含有紫罗兰和栀子花香精的提取物。”大家“哇”的叫了一声，佩服文总的闻香识女人的水平。大家还在惊异中的时候，文智说：“诸位，今天靠我这个鼻子，我只闻错了一个同学，其实那也不能怪我，司徒文勇是个特例。”大家又大笑。

“不客气地说，我想大家肯定很佩服我这只鼻子，对吧？但是我这只鼻子在闻香的技术层面上只能勉强及格。我的公司里曾经有三个能达到99分的高手，在行业内也是都是顶尖的。”大家一阵肃静。文智接着说：“一瓶含量仅50克的法国品牌香水‘香奈儿’，就是罗文娟用的那种，国内售价高达800元，而且概不讲价。然而，这些法国著名品牌的香水和化妆品的核心原料80%却都来自我们公司。为什么法国的香水公司愿意用我们的原料，是因为我们的原料纯正，为什么能纯正，关键是我们的闻香师水平高，把关严格，所以说闻香师的鼻子可不是普通鼻子，进入那个鼻子的香味那哪是香味啊，一进一出就是人民币啊。”大家又笑了。

“可是，有一天，其中两个闻香师找我提出辞职，要知道他们都是我公司里的宝贝啊，他们是闻香界里一等一的高手啊，就如同武林里的南帝北丐、东邪西毒一样，我怎么舍得他们走呢。问辞职的原因，很简单：我升另外一个闻香师做技术总管了。以前三个人都在技术部，我兼任技术总管，相安无事，三个人处得非常好。但是按照公司管理制度，任何一个部门都得有个主管啊，我感觉另外的闻香师叫刘义华的比他们俩更有一定的管理水平，就直接升任了主管。没想到这一弄，却惹了大麻烦了，两个人死活要辞职。跟我说：‘文总，你给我们的工资绝对不低，这点我们清楚，但是让刘义华做我们的主管，我们不服气，以后我们在闻香界还怎么活？这等于向闻香界宣布刘义华比我们厉害啊！我们丢不起这个人啊，要么留他要么我们走。’我好歹解释都留不住，故事讲到这还没完，但是我的问题出来了：大家帮我出出主意，我怎么留住我这两个高手？”大家开始思考，有人问：

“最后他们走了吗?”文智说:“最后走没走,我先不说。现在,最关键的我想知道在座各位高人有什么好办法留下他们?”

众人无语,都在思考中。

95

罗文娟举手示意发言,文智点点头。罗文娟是 sunshine(阳光)集团的副总,负责行政和人力资源管理。走到讲台前说:“我非常佩服文总的鼻子,他让我觉得一个人的潜力是无限的。其实,我们每个人都有一个文总这样的鼻子,但是咱们的鼻子没有被培训过,所以就不是一个专业的鼻子,就不是一个有更高价值的鼻子。我想,文总所说的故事当中那三个闻香师,也是因为对自己的鼻子过于自信而忘记了除了鼻子以外,还有更多类似鼻子的器官的功能未必如同鼻子那么优秀。文总选择了刘义华做主管,说明刘义华除了有个好鼻子,他还有个比其他二人更有潜力的好脑袋,有管理能力的脑袋。我个人认为,文总应该做工作,让那两个人认识到这个差别。当然,要改变一个人的看法不容易,但是我认为,作为文总他完全可以在这之前为刘义华的管理才华的体现营造环境,做好铺垫,而不是突然提升刘义华为主管,这也许是文总的疏忽,导致了二人在心理上出现了无法接受的落差。我给文总出个主意:你可以让三个人轮流做临时主管,根据业绩选择一个正式主管,业绩面前人人平等,这方面可以增加这个部门的后备力量的培养,辅助人员的管理等要求。这是我的看法，谢谢。”

大家鼓掌，文智点头称是，说：“的确，如文娟同学所说，我确实忽视了对刘义华管理才能的宣传，但是，刘义华的管理才能是我在跟他聊天的过程中感知的，而这些并不是完全可以以业绩的方式进行论据性的罗列，对于我来说，思路很好，难度很大。”

马提青也伸手示意，走到讲台前，操着一口东北口音。“主持人，诸位，咱家是搞工业品的民营企业，‘同辉’牌电缆就是我们公司的产品，现在也是国内名牌。我不是来这做广告的啊，因为这跟我们发展的历史有关。刚才文智提到的这个问题啊，我们也遇到过，当时我有四个副总，各负责生产、市场、采购、行政和人力资源。他们都是摸爬滚打多年，跟着我从一个乡镇企业干起来的，俗话说都是老革命了啥都懂，但四个人呢，谁也不服谁。去年年初，我们兼并了两个企业，一个是云华电机厂，一个是铜丝厂，这就要选择安排这两个兼并企业的总经理了，必须从他们四个里选，这可让我为难了。谁都要去，谁也不让谁，我也犯了难了，最后我怎么着呢？我想出一个招儿——立军令状，谁保证的利润高我给谁，最后选了俩当总经理，没人不服。我觉得文总这个问题也好解决，闻香师嘛，搞技术的，那就定个技术标准，谁的水平最高让谁当呗，没不服的。”马提青说完下去了。

文智评点说：“马老总的建议不错。但是呢，我的个人意见是，技术好不等于管理好啊，而且管理标准跟技术标准是两回事，一个软一个硬。我看我还是没法借鉴马老总的这个建议。另外，我也想给马老总提个建议，我认为你那种方法选择的两位老总会出现两个致命问题：第一，可能会出现短视行为，为了保证本期利润额的完成，竭泽而渔，造成企业资源的过度利用和浪费；第二，会造成母体与子体间的不和谐，你想啊，那些没有竞聘成功的肯定会在他们的业务范围内对两个兼并企业的支持采取消极行为，因为他们不想看到竞聘成功的那两位总经理完成任务啊，因为那就证明自己的失败啊，所以肯定会处处设置障碍，这是完全符合逻辑的。”

马提青站起来补充：“文总说得有道理，这事儿出现过，我压着那两位副总配合，我也是挺累的。你说，都是老革命，能力挺强，我也不能把他们撸了啊，只能靠我压着，这的确不是个长远的事。”

大家随后议论纷纷，有人认为这是个难题，涉及人才和全才的定位问题，专才就不要做全才的事，每个人都给个主管待遇，有个人负责就是了。有的说，根本就不应该设置什么主管，都叫做技术咨询专家，各设立个专家室，供起来算了。

文智都认为不妥，因为这些都没解决他想要解决的问题。

柳依然觉得，这既不是全才和专才的问题，也不是简单的设个专家待遇的问题，应该从发展的视角对三个人的潜能进行挖掘，在公司的发展和扩展中挖掘出其人际技能和概念技能。这才能让人才和公司形成双赢。

柳依然举手示意，她想把自己的想法好好表达出来。

柳依然走上讲台，“文总，各位同学，大家的看法让我耳目

一新，但是我认为这还没有从根本上解决文总面临的问题。现在要做的是怎么留住两位闻香师，但是又不能不要科学的管理，设置主管是正常的管理制度，三个人技术再高也不能各自为政，甚至在这个部门有很多技术研讨、培训和人员管理的任务，不设主管怎么行呢？也不能老让文总兼任啊。”她顿了顿又说：“我认为应该将人才潜力的挖掘和人才的定位放在企业发展的角度去看。文总，我不知道你有没有扩展企业的思考，比如在国外建厂或者在各地建立分支机构等？”文总点点头，“是，我们正想在法国建立一个研发机构，因为法国是香水研发人才大本营，还想要在法国建立一个香水生产基地，生产香水浓缩液。但，这都是构想，五年内的构想。”

“正是这个构想就能解决你现在的问题。你想啊，不管是你在法国成立研发机构，还是在法国建生产基地，不可能不需要闻香师吧？”柳依然把目光转向文智，文智点点头。“既然需要，那么为什么不将这三个人进行一个分工呢，现在有管理能力的，就让他负责现有部门的管理，做主管。另外那两个管理能力弱的，可以给他们一个未来的研发机构或者生产基地的技术总监的职务。按照公平理论和期望理论分析，这三个人都会因为得到了认可而感到价值与公司回报的对等。同时，这还可以为你未来储备人才，甚至让他们提前介入到五年规划的筹备任务中去，这不是又解决了你公司发展中的问题了吗。一举两得的事，何乐而不为呢？”

柳依然发现文总的眼睛瞪得大大的。

“我的发言完了，谢谢大家！谢谢主持人！”大家一阵鼓掌，文智更是使劲鼓掌。

“谢谢依然同学。她的想法给我一个触动，的确如此，我们没有动态地看问题，仅就问题而解决问题。我也不是没有想过未来的发展和他们三个人的定位问题，但是我觉得完全可以以后去做。但是现在看来，可以用未来的规划解决现在的问题。是个不错的想法，我回去就试试，再次感谢柳依然同学！”

大家也纷纷对柳依然的看法发表了意见，支持的居多。柳依然感到很兴奋，她觉得自己的思考能力和水平还是可以的。

专题沙龙结束后，柳依然站起来要走，文智叫住了她，“依然，等一下，一起走。”柳依然停下，等文智收拾好东西，两个人一起走出教室。

“依然，你说得真好，有时间我还想就这个问题好好探讨探讨，对我很有启发啊，我真的不是客气啊。对了，这次学习结束了，你有什么打算啊？”文智问。

“我？目前没有，回去看看书，或者找个工作，目前没有定。”柳依然回答。

“能不能到我公司来？我正缺个人力资源总监。”说完看着柳依然，又补充说：“你不会觉得这个职位有点低吧？没事，过一两年，你完全可以做副总的，我保证！”文智很真诚地看着柳依然。

柳依然没有直接回答他，这太突然了，去一个新的公司，开始自己新的生活，这是她想过的，但是没有想这么快。

“不，文总你误会了，我是觉得太突然了，容我想想吧，另外，我来上学是一个房地产公司赞助的，我也必须考虑一下这个问题。毕竟对我来说是个大事。”

"不仅对你是个大事，对我也是个大事啊，对我们公司也是大事，我很看好你哦，咱们是同学，完全可以好好合作，我相信在我的公司你会找到你的空间的，你有这个能力也有这个潜力!"文智有点激动地说。"公司马上就要拓展法国的业务，这次学习结束，我就要去法国考察，当下正是我需要人手的时候，你好好考虑一下，我希望你能尽快给我个答复!"

柳依然点点头，对她来说，一扇门打开了，阳光已经照射进来了，未来，好像那么近!

97

今天是周末，老葛的爱人赵文清又加班，说是她们居委会管的片儿区里有个屡次上访的，她们得盯着。老葛一听这个就来气，说："你们就作孽吧!"赵文清急了，"做什么孽？我们这是工作，要是都像她那样到处上访，这社会不乱了啊。你还能在这安稳地看书啊?!我看你是看书看成书呆子了!"老葛回了一句："竖子不足与谋!"赵文清没听明白，"什么谋，什么谋?"老葛理都不理，走进书房，"啪"的一声把门关上。赵文清气不打一处来，用力一推门，"葛朗台！你整天看什么老子、庄子、孙子的书，我看你就是典型的装孙子!"老葛本叫葛树青，欧也妮·葛朗台是法国作家巴尔扎克《人间喜剧》中的人物，是个专制的守财奴。赵文清在高中课本里学过小说节选，记得很清楚。谈恋爱的时候，跟老葛开玩笑叫过他葛朗台。结婚以后发现老葛的确很专制，后来一生气干脆直接把葛树青改名为葛朗台了。

赵文清的话气得老葛一句话都不想说，抬抬手，做了个请的姿势。赵文清没那么多时间跟她的老夫子费牙，拿了件上衣，风风火火地走了。老葛摇摇头，心里想，他当初怎么就看上这么个婆娘啊，年轻那会多清纯啊，像电影《海霞》里的海霞姑娘。看来，人的审美是随着年龄而变化的，可是老婆却没办法按照老葛的审美来变化，这就是审美落差啊。老葛想到这，反而感觉有些心理安慰了，因为这种审美落差不是他一个人啊，他这个落差理论适用于全社会，他内心稍微平衡了一点。

“爸爸接电话。”老葛手机里传来她女儿给下载的铃声。是崔英打来的电话，“葛老师，今天您在家吗？我想去拜访您，有时间吗？”老葛正心情不好，听到是自己的崇拜者崔英的电话，心里顿时充满了阳光。“崔老师啊，你来吧，你怎么过来啊？”“我开车，估计二十分钟后就到。”老葛挂了电话，心里亮堂了许多，跟刚才赵文清骂他相比，他有一种风雨过后见彩虹的感觉。

打开门的瞬间，一阵清香迎面扑来，是那种淡淡的清香，老葛很喜欢。

“葛老师，不影响你吧？”崔英笑眯眯的，二十八岁的年龄，圆圆的小脸蛋上依然保存着两个小酒窝，很难得的，让人有一种青春常驻的感觉。崔英正要换上老葛夫人的那双拖鞋，老葛说：“小崔，穿这双。”忙着把赵文清给他女儿新买的拖鞋拿出来。

“葛老师，我就喜欢来你这，一进来就有一种博学的感觉，到处是书。”崔英四处溜达着看。老葛给崔英倒茶。

“我记得你喜欢喝红茶，是吧？”

“葛老师，你记性真好。是，我胃不好，所以喜欢喝红茶，暖胃。”

“嗯，上次你说过，等你走的时候我给你一包好红茶，朋友送我的，一直留着想送给你，也没机会。”

崔英听了，挺感动。“葛老师，那怎么行，我没事的，你留着吧。”老葛把一盒包装挺好的茶放到了崔英的包的旁边。“走的时候拎回去，你喝了比我喝了更有意义，我更高兴！”崔英没说话，笑了笑，两只小酒窝更深了。

98

“葛老师您还研究戏剧啊？”崔英随手拿起一本书，发现是关于戏剧历史的《中国戏剧漫谈》。老葛笑了笑说：“谈不上研究，就是随便翻翻，这样的书睡觉前看，有助于睡眠。不过，我的确喜欢看京剧和秦腔，京剧不仅是当今的国剧，从清朝徽班进京开始就不同于地方剧种了，最关键的是它机缘好，被皇室所喜爱，在皇家票友的推动下，它获得了发展的资源，使京剧唱念做打的程式和角色特征越发规范化。如果跟陕西的秦腔相比，秦腔的粗犷让你感觉到黄土高原的粗犷和厚重，唱者多为关中汉子，方面阔口，状极威武。提袍抖袖，大吼大唱，一条嗓音破空飞去，撞在城墙上，趸回来，声犹震耳，也是一种美！比较下来，你会觉得一个是粗狂直爽，一个是细腻精致。秦腔的唱腔与京剧截然不同，感觉绝对不一样，你要感兴趣的话可以好好体味一下。”老葛说到兴头上，手势表情生动无比。崔英没想到老葛对戏剧还这么有研究，两只大眼睛忽闪忽闪地盯着葛老师。

“葛老师，你真厉害！我回去一定比较一下。”

老葛把茶端给崔英，“快喝，一会儿凉了。红茶就得趁热喝。”崔英感激地接过老葛端来的茶杯，手碰到一起，她抖了一下，茶洒了一点到崔英的衣服上。“呦，烫着没？”老葛关心地问。“没事的，葛老师。”崔英不知道怎么了，心有些突突地跳。

“你最近看什么书呢？”老葛问。

“嗯，还是看《全唐诗》，没看什么别的，我不像葛老师博览群书，我就是喜欢唐诗。”

“嗯，上次你说你最喜欢白居易，最近有什么新看法了没有？”老葛问。

“对了，葛老师，我这些天比较了一下白居易和杜甫的诗，我发现白诗虽然也是写实，但是更善于表现作者的浪漫情怀，杜诗的写实更着重于一种心灵的震撼。比如说白居易的《江楼月》就是一种特别委婉的情诗。”说着崔英开始朗诵起来：

嘉陵江曲曲江迟，明月虽同人别离。
一宵光景潜相忆，两地阴晴远不知。
谁料江边怀我夜，正当池畔望君时。
今朝共语方同悔，不解多情先寄诗。

崔英朗诵得哀婉缠绵，老葛听着不禁也进入了诗的意境。诗朗诵完了，崔英的眼睛有些湿润。老葛不禁慨叹一声：“是啊，这首诗用情诗的手法描绘出对友情的怀念，但不是通俗的情诗。很难得的。这首诗是写给好友元稹的，‘谁料江边怀我夜，正当池畔望君时。’此句可谓神来之笔，既转得自然，又用得贴切！既照应了元稹写给白居易的诗中表达的在嘉陵江岸驿楼中的思念，又写出了诗人在曲江池畔的盼望，形象地再现了两位诗人在月圆之夜凝思、吟赏、思友的动人情景，表达了元白二人心心相印、推心置腹的友谊啊。”

说完，老葛停顿了一会，好像自己回到了唐朝，在曲江江畔思念故友一样。

“葛老师，葛老师！”崔英望着入神的老葛喊道。

“嗯，对不起，我很喜欢这首诗，神入佳境啊。”老葛回过神来说。

崔英低下头，轻轻问：“葛老师，我们的友谊也会像古人那样吗？”

老葛怔了一下，说：“会，会呀，古今相同，历史是相通的。”老葛满含深意地望着崔英。

崔英慢慢抬起头，说：“葛老师不要嫌弃我浅陋，你一定收我做你的学生啊！”

“哪里啊，你能做我的知己，我高兴还来不及呢！”老葛挺真诚地说。

崔英听到“知己”，感动得不得了，眼泪都流出来了，“谢谢你，葛老师，我得走了。”崔英一边擦眼泪，一边拿起包朝门口走去。

“干吗那么着急啊，还早，再坐会儿。”老葛追过去。

到了门口了，崔英停住，回过身，“葛老师，谢谢你把我当作知己！”老葛好像想起来什么，一把拉住崔英的手，说：“你等会，我……”

话还没说完，门开了，赵文清又风风火火地回来了。

看到老葛拉着崔英的手，赵文清一时懵在那里，像冻僵了一样。

99

很快，赵文清就像惊蛰后的小虫子一样从冻僵的状态复苏过来。

“葛朗台，我不在家，你做不要脸的事！”赵文清冲着崔英大喊：“你，你这个小妖精，勾引我老公！”说着，赵文清抬起手就要打崔英。

“住手！”老葛大喊一声，吓得赵文清扬起的手停在半空中。崔英脸都白了，说：“嫂子，你误会了，误会了。”对门和楼上楼下的有人从门缝里探出头来。

老葛一把把赵文清拉进屋，“啪”的一声把门关上。

也许是老葛拉的劲大了一点，赵文清顺势倒在了地上。“欺负人啊！我没法活了！我要跟你们拼命！”赵文清“腾”的站起来，跑向厨房，拿起切菜刀就要跟老葛玩命。

老葛轻轻推了崔英一把，说：“赶紧走！”崔英人都吓呆了，站在那不动。听到老葛说话，才赶紧换上鞋开门出去。

赵文清看老葛放走了“情人”，顿时更来气了，挥舞着菜刀就朝老葛冲过来，她想老葛肯定得跑或者夺她的刀，没想到老葛一动不动，巍然挺立，平静又坚毅地说：“照着脑门来，用点劲儿啊，一刀把我劈死啊！我让你后悔一辈子！”赵文清的菜刀本来挥舞得挺有力的，看到老葛临危不惧，又听老葛这么说，刀到了老葛的面门却停住了。“劈吧，我等着，我让你劈！”老葛大义凛然，像英雄就义一样。

“咣当”菜刀落地上了。赵文清也坐在地上号啕大哭。嘴里喊着：“葛朗台，你欺负人，欺负人！”

有敲门的声音。

老葛打开门，是崔英，她又回来了。

回来的崔英像变了一个人一样，很镇定。“葛老师，我不能走，走了就更说不清了！”坐在地上的赵文清看着“情敌”又回来了，心里也纳闷，止住了哭，呆呆地看着崔英。

崔英走进来，直接走向赵文清，“嫂子，你起来，我能说明白。”崔英出奇地镇定，赵文清被这个跟刚才判若两人的女人给镇住了。

“嫂子，我今天过来是向葛老师请教的。葛老师听说我有胃病，要送给我一盒红茶，我不要，刚说要走，葛老师拉住我，非得要送给我。”崔英说着，走到原来放包的地方，拿起那盒红茶，对老葛说：“葛老师，谢谢你啊！”又转身对赵文清说：“嫂子，事情就这么简单，你可以信也可以不信，但是我不希望你自寻烦恼。”说完，转身走向门口。老葛也被崔英的镇定惊呆了。没想到，崔英这么睿智、聪明、理智，甚至说还这么义气。他突然对崔英有了一种刮目相看的感觉。这哪里是那个动不动就湿眼圈的崔老师啊！女人，真是看不透啊。

老葛心里想着，却没说话，看着崔英打开门离开。

门“啪”的一声又关上了。

赵文清被这一幕弄糊涂了，她觉得自己跟做梦一样。心里盘算着：“难道，难道他们俩真没事？”

100

周三下午学校开会，开完会老葛和程文斌一起骑自行车回家。

“老葛，我问你，听说你后院起火了，跟我说实话啊。”老葛没想到这么快就传到程文斌的耳朵里了，真是没有不透风的墙啊。

“谁说的，你怎么知道的？”老葛故作惊讶状。

“怎么着？跟我还保密啊？地球人都知道啊，那我就怎么听来的怎么说，说你的小情人找你约会，让你老婆捉奸在床，人赃俱获。”老葛听到后气得暴跳如雷，一着急口吃的毛病也犯了“这个，这个谣言啊，谁造的谣！谁造的谣！污蔑！诬陷！！什么叫众口铄金，我算明白了。”

程文斌告诉他，柳慧的一个同事的婆婆就在老葛那个小区住，她同事的婆婆没事就到下边跟一群老人们聊天，说小区里都在传一个大学教授劈腿被老婆捉奸的事。柳慧一听，这住址、这楼号不就是老葛家吗，才问的程文斌。程文斌说不可能，可这事又被柳慧描述得有鼻子有眼的。

老葛看这事也瞒不住了才跟程文斌说："老程，根本不是那么回事，人家小崔来我家跟我探讨个问题，我那老婆你还不知道，就爱吃醋，大喊大叫的，什么捉奸在床？我能干那事吗？老程，别人不信，你还不相信我啊？"程文斌点点头，"嗯，我也觉得不可能，可是你也得注意点啊，别把崔莺莺老往家里带，影响不好，况且你那个老婆……"程文斌还没说完，老葛就打断他的话，"什么崔莺莺，是崔英，崔老师，我们都是光明正大的，怕什么，脚正不怕鞋歪！身正不怕影子斜！"程文斌接着话说："是，是，是那个理，问题是瓜前李下的，对不对，还是小心为妙！"老葛又急了，"啥叫小心为妙啊？我光明正大，光明正大！"程文斌看到老葛又急了，头上青筋暴露，忙说："对，光明正大，我相信你绝对没问题，但是不是还有不相信的吗，对吧？你是君子，可是周围潜伏着多少小人啊，是不是？"

老葛让程文斌说得垂头丧气的，本来好好的心情被程文斌这些话弄得一塌糊涂的难受。索性也不理程文斌，一人低着头骑车。

程文斌的手机突然震动起来，程文斌摸了半天才从包里摸出来，是柳慧的电话："老程，怎么不接电话啊？打你好几个了！""我下午开会你不知道啊，都设置为震动状态了，听不到！"程文斌解释着。"我已经接了恰恰来姥姥家了，你回来了也直接过来吧，依然回来了，老爷子想晚上一家子聚聚。"程文斌一脸的不情愿，但是也没办法，他不喜欢那种什么一大家子人聚聚，尤其是去岳母家，从结婚到现在，只要去岳母家就恭恭敬敬、拘拘束束的。老爷子觉得程文斌知书达理的，程文斌却觉得别扭。

“老葛，别闷闷不乐的，心底无私天地宽。”程文斌劝老葛，老葛没说话，程文斌到了路口说，“老葛我去我丈人家了，就此别过啊，没法跟你同路了。”

老葛情绪低沉，挥挥手，算是道别。

程文斌一路骑车一路想，凭他的了解，老葛顶天了也就是动动心思，不可能怎么样。可见，人言可畏啊！想到自己的那些匿名的邮件和留言，还有那几张照片，他的心也隐隐地痛起来。

101

程文斌到岳母家的时候，人家老两口早就把饭菜准备好了，满满一桌子菜，就等他回来了。他感到有些不好意思，赶紧去洗洗手说：“还有什么需要我做的吗？”柳老爷子指指他旁边的位置，说：“来，文斌，坐这，就等你了。”大家入座。程文斌看到柳依然精神饱满，面带笑容，知道她已经从阴影中走出来了，去中欧国际商学院读书估计也很满意，便说：“依然现在变化挺大啊，精神状态跟以前可有天壤之别啊！”柳依然笑笑说：“姐夫，那得感谢你啊，感谢你朋友的帮助啊，一会儿我好好敬你啊！”说得程文斌心里颇是受用。柳老爷子拿起酒瓶要给程文斌倒酒，惊得程文斌赶紧站起来，“爸，我来，我来！”

柳老爷子端起酒杯，冲着大家说：“依然回来了，今天家里人比较齐，我说两句啊。”程文斌觉得挺奇怪，柳老爷子平时不是这个做派，看来柳老爷子今天是真遇上高兴事了。“要我说啊，今天是三喜临门：第一喜呢，是依然在那个中欧什么学院学习收获非常大，而且呢有个跨国公司的老板要聘她做人力资源总监，邀请她下个月跟那些副总们一起到法国考察。这第二呢，依然回石门一趟，大致消除了跟春山的误会，那件事是春山公司里同事嫉妒他，陷害他。我早就说，我看准的女婿不应该会出那个问题，果不其然，果不其然！这第三喜呢，是我要彻底退下来了，想跟你妈好好安度晚年，旅旅游，到处走走，四处转转，争取身体健康，不给你们添麻烦。”说完，看看程文斌，补充说：“另外，还要感谢文斌啊，依然的事文斌处理得都相当得当，我很满意，很满意！大事上文斌还是拿得起的。来，干！”柳老爷子冲着大家说，却拿着酒杯来跟文斌碰杯，受宠若惊的程文斌站起来说：“爸，你说谢不是太见外了嘛。”柳慧也帮着说：“爸，这不是文斌应该做的嘛，谁让他是姐夫呢。”柳老爷子笑得嘴都合不拢了，一个劲儿点头。柳依然端起酒杯来，“姐夫，我得敬你啊，你的朋友真够意思，胡老师、安老板，还有你们那帮沙龙的朋友给我太大帮助。我得好好谢谢你，我干了啊，姐夫！”说得程文斌心花怒放，一旁的柳慧听到胡老师就不自在，说：“敬他干吗，应该先敬咱爸妈！”柳老爷子说：“哎，小慧，咱家不论这个啊，随性随性。”一旁的恰恰端着杯饮料走到姥爷跟前，“姥爷，姥姥，我敬你们一杯，你们去哪旅游啊，能带上我不？”柳老爷子笑着说：“你这个鬼机灵，怎么能少了我们恰恰呢？”恰恰接着说：“我还想跟小姨去法国，看埃菲尔铁塔呢。”柳慧说：“你还得寸进尺了，先把学习搞好了再提条件！”恰恰嘟着个嘴回到座位上。

102

宋春山走马上任，一切都是新的，宋春山处处小心谨慎，一切还算顺利。到上海快一个月了，管理部的老杨打来电话，说一切都是按照他们的想法运行的，这让宋春山很满意。这期间，宋春山还收到楚莎莎发来的一封邮件，这封邮件的地址不是公司的，可见楚莎莎还是很谨慎。邮件内容不是很长，写道：

宋总，你好！你走的时候我没能去送你，不是不想去送，世态险恶，还是避嫌吧。我有几句话一直想说却没有机会跟你说，现在我觉得应该让你知道了。在我们的交往中，我发现你是一个坦荡的人，是让我佩服的人。可是，在开始的时候不是，甚至我从内心对你有些不屑，原谅我用这个词，我的确是这么想的，不想说谎。当初接近你，我的确有自私的目的，我甚至只想利用你对我的好感，利用你婚姻中的裂缝达到我在公司发展的目的。你可以鄙视我，你怎么认为我我都接受。可是，随着跟你交往的加深，我发现你的人格的魅力越来越大，你的为人更让我佩服，我反倒对我以前的行为和想法感到不屑，说实话，我渐渐从内心有些爱上你了。你可以拒绝我爱你，但是你不能阻止我爱你。要是你也能爱我该多好啊！

现实是无情的，无法假设，理智也告诉我，爱你是不现实的，我只能把你埋在我心里了，我自己的道德还不允许我做出那种损人利己的行为。

谢谢你，谢谢你对我的帮助，谢谢上天让我有缘认识了你！

永远不会忘记你的莎莎

宋春山没有回这封邮件，也没有删除，就让它留在邮箱里吧，世界上很多东西是说不清楚的，何必那么执着呢！

年底了，公司发来通知，下个月要到英国总部开会，他必须安排好各项业务，一定不能在他出差期间出事，好在他选的几个手下很是得力，这让他颇感欣慰。这个月的销售业绩在几个区里还是不错的，他希望能做得更好一点，以便在总部开会的时候遇到威廉后，让他知道宋春山没有辜负他的期望。

他整理一下文件，看看表快到下班时间了，今天是周末，他不准备加班，还是养养精神吧，明天要见经销商代表。

他站起身，突然电话响了，是晓燕的。“哥，兔子和郑一鹤被公安局叫去后两天没回来了，说是被刑事拘留了。打他们的电话也打不通 ，急死我了！怎么办啊？”

宋春山最担心的事情还是发生了，兔子他们出事了。

103

宋春山一边安慰晓燕，一边想办法，他突然想到他的大学同学、法律系的常一鸣，他记得常一鸣开了个律师事务所。他跟晓燕说：“晓燕，你别急，我有个同学在律师事务所，我想他能帮上忙，我找找他的电话，找到他电话，我马上打电话给他。一会儿我也会打给你的。”挂了电话，他就找常一鸣的电话，拨过去。“一鸣啊，我是宋春山，有个紧急的事需要你帮个忙，我就不跟你客套了。我有俩特别好的哥们儿，可能因为行贿被抓了，你看你能帮帮他们吗？我现在在上海，回不去，我让我一个妹妹找你，你就全心尽力当做我的事办吧！”常一鸣跟宋春山在大学里同为系学生会主席，老早就有交往，又同在石门市，说起话来就很直接随便。“春山，这事你就放心交给我吧，你让你那妹妹给我打电话吧，我马上就处理这事，你在哪都一样，老同学你就放心好了。”宋春山稍微松了一口气，赶紧打电话给晓燕，把常一鸣的电话给了她，让她赶紧去找常一鸣，宋春山说常一鸣会给兔子和郑一鹤找个妥帖的律师。

宋春山打完电话，心里还是有些没底，他想郑一鹤和兔子都被抓捕了，只能说明这个问题很严重，郑一鹤以及龙哥的关系资源已经无能为力了。事态的严重让宋春山有些紧张，现在只能看常一鸣能不能通过辩护来免除或者降低罪责了。

晚上九点的时候，晓燕打过电话来，“哥，我跟常一鸣律师联系了，他安排我明天见他，还需要授权什么的，明天他说会处理的。你同学真好，一直安慰我说没什么，他说他会尽最大努力帮兔子他们的。”听到这样的话，宋春山稍微放松了一些。

第二天，快到十一点了，常一鸣来了电话。“春山，基本情况我都了解了。就是一个行贿的问题。也是你那俩兄弟倒霉，赶上上面正要抓个典型，那两个处长也是碰到枪口上了。郑一鹤的问题稍微严重些，他是公司法人，属于法人行贿，数额也不是很大，如果能证明他有主动交代的情节还可能减轻处罚甚至免于处罚，图子云虽然也是股东，但是他负责技术管理，没参与行贿，但是他知道行贿并没有制止，如果处理得好的话，我觉得能无罪释放。总的来说在当前这样一个形势下，问题处理起来比较麻烦一些，但是不会是特别严重的处罚。这点你放心。我亲自代理图子云的诉讼，我委派我们事务所另外一个知名律师代理郑一鹤的。我都安排好了，随时跟你沟通，放心就是了。既然你说到当成你的事来办，我不会不尽力的。”常一鸣的电话让宋春山心里多少有了些底。

他赶紧打电话给晓燕。“晓燕，现在形势对他们不利，你尽力配合常一鸣，争取他们两个赶紧出来一个，问题就稍微好一些了。”晓燕说：“哥，你就放心吧，我二十四小时候命，只要常律师需要什么资料，我会亲自去兔子公司查找整理的，他们公司的人我大部分认识，你放心吧。”

宋春山突然觉得晓燕长大了，不是那个整天嘻嘻哈哈的小孩子了。

104

柳依然对于她和宋春山的关系有一种急躁和无奈的感觉。时间已经让她冷静了下来，她和环境的变化已经让她重新审视了自己，重新审视了宋春山。她发现她内心还是爱着宋春山的。尤其看到那张照片的时候有一种难言的痛苦和痛恨。这样的痛苦和痛恨实际上都是因爱而生。石门的家让她陡生留恋，那是她爱情的归属地。宋春山的道歉和解释让她释怀了很大一部分。她之所以回来告诉父母那是一场误会，除了让父母放心以外更主要的是她觉得她好像有一定的把握：宋春山不是一个忘恩负义的人，不是一个寻花问柳的人。有人说，男人一生中总要犯一两次低俗的错误。她不这么认为，这是男人的开脱，爱一个人就不能犯这样的错误，哪怕被动地犯。但是，如果他真的犯了这样的错误，就不能原谅了吗？这正是她所迷惑的，她一百次地假想宋春山真的跟那个楚莎莎怎么样了，她能不能原谅他。而每每到这时，她的心就痛苦得不能再想下去。爱一个人很幸福，爱一个人也很痛苦。因为，爱是自私的，她守望自己爱情的时候，还要防止被人觊觎。爱一个人很累，是幸福并痛苦的累。柳依然感觉自己就是这样的。照片事件的阴云似乎在缓缓离去，但是总是会留一些痕迹在心头，在石门的家中，她自己静坐的时候会突然想象这个家是不是曾被某个她操持过，心头的阴影总是反映到现实中，这让她迟迟不能原谅宋春山。感情是多么复杂而又不可捉摸的事情，她不知道什么时候自己能够原谅并接受宋春山。还是等待吧，让时间来抚平误会和伤口吧。

她很为自己的“新生”感到满意和自豪。她有时候甚至忘记了曾经的过去，忘记了自己还有个宋春山。她甚至有些故意地去加大这样的倾向，让自己在新的路上走得快一些。宋春山给她打过几个电话，发过无数的短信。电话她只是听，不说；短信，她只是看，不回。她觉得要么就如胶似漆地相爱，要么就冷若冰霜地观望。她不想有中间状态。但是，她又想知道宋春山的一切，知道那个她在心底爱着的人的一举一动。女人啊，自己也没法明白这是为了什么。

宋春山打电话告诉她兔子出事了，这让她非常着急。后来宋春山说他的同学作为兔子的律师在尽力争取一个好的结果，她内心稍微平缓了一些。她知道，晓燕肯定特别着急，她能看得出，那两个人最终还是要走到一起的，宋春山提到晓燕的着急和尽心就让她知道，爱情不只是卿卿我我，也是吵吵闹闹、分分合合、情情怨怨，她已经有所体会了。

她有心回去帮帮晓燕，但是她已经答应了文智的邀请，已经在研究文智给她的好多文件。拟定出一个文智公司的人力资源发展规划是需要费些脑筋的，过两天她可能还要去文智公司的北京总部一趟，很多东西还是需要探讨的。有宋春山呢，她还是相信他的。现在，柳依然几乎每天跟晓燕通个电话，进展也让她还算满意。

常一鸣收集的证据和辩护策略很有水平，兔子无罪释放的可能性非常大，她在等待着那个好消息。

105

胡老师打电话给柳依然，“然，晚上请你喝酒吧，德国技术的黑麦自酿啤酒，我同学刚开的一个餐厅，我们一起捧捧场。”

"哦，就咱们俩吗？"柳依然问。胡老师说："哪能呢，还有你姐夫、葛老师、秦老师，五个人呢，好好热闹热闹，你也快走了，以后见你的机会不多了，你一定得过来哦！""胡老师，你是我师父，你说话我还能不听啊！再说，我正馋啤酒呢，你一说我肚里的馋虫都出来了，好，我一定去！"电话那边传来胡老师纯真的笑声。"一会儿我把地址发到你手机上啊，晚上六点半，不见不散哦！"

柳依然挂断电话，想：胡老师是轻易不请客的，这次也许就是为了自己 ，胡老师真是一个可爱的人。可是，柳依然却从没见到过她丈夫，每次有个集体活动可以带家属的，她都从来不带老公，原因可能是他老公在省城工作，据说现在是省劳动和社会保障厅的一位官员，她一直没有跟过去，两地分居。别人问她怎么不带老公，她总开玩笑说怕别人见了抢了她老公。不过，她老公很帅是真的，柳依然见过胡老师老公的照片，是挺帅，老公是她大学的同学，那曾经是一表人才，上学的时候是无数个少女幻想的白马王子。最后当然是花落胡老师家了，可见当年胡老师的魅力之大。即使是现在，胡老师也是风采依旧，否则姐姐就不会那么吃胡老师的醋了。

到了餐厅，柳依然发现大家都到了，不过不是五个人，加上柳依然应该是六个人，葛老师的旁边坐着崔老师。柳依然心里有些纳闷：姐姐说他们不是出事了吗，怎么还这么明目张胆呢？柳依然心里想着，嘴上却欢快地和大家打招呼。大家纷纷说："依然妹子又漂亮了啊！"柳依然笑着说："这得归功于我师父胡老师。"胡老师一听，高兴得合不上嘴。大家坐定了，柳依然发现，座位安排得好有意思啊，她和秦老师两个人挨着，她的右侧是胡老师和她姐夫，秦老师的左侧是崔老师和葛老师，正好葛老师和她姐夫又挨着。

过了没一会儿，进来一个人，像是胡老师的同学，他一进来胡老师就站了起来。“我给大家介绍一下，这就是我大学同学刘明。刘明，我给你介绍一下我的好姐们儿好哥们儿。”胡老师一一介绍了在座的。柳依然发现，这个刘明刘老板挺帅的，一米八的个子，长得有点像陈坤，不过比陈坤要成熟一些。她心想，是不是胡老师的同学个个都是帅哥啊。正想着，刘老板说话了，“各位老师，不胜荣幸各位能赏光，胡文艳是我的大学同班同学，不是外人，大家想要点什么随便点啊，今天我埋单啊，以后还希望各位多多光临，文艳你就好好照顾好各位，正是客人多的时候，我还得照看照看。”刘老板说话滴水不漏，讲话的时候表情丰富，一看就是场面上的人物。

一会儿菜上来了，啤酒的确好喝，大家轮流推杯换盏，不亦乐乎。酒喝到半酣，人们的神经松弛下来，说话就放得开了。老葛也不像刚开始那样有些结巴了，聊起他最近研究的秦汉史，眉飞色舞。一旁的崔老师以仰慕的神情看着他表演。程文斌说：“老葛，你这些观点我听着很新鲜，而且对当代社会文化也有启迪作用，你怎么不写成东西啊，那让后人该多有受益啊。”老葛说：“文斌，我的想法就像做菜的秘籍，我跟大家讲出来就如同按照秘籍做菜，这火候、这调料的搭配技巧，只有本人知道，写出来就成了菜谱了，就是按照菜谱做出来，也未必有那个味道了！我可不想让别人把我的想法理解成夹生菜那样的东西。”老葛的一番言论，让大家倍感奇异。程文斌说：“老葛，那你的意思，不亲自去聆听你的教诲还就得不了真传了啊？”老葛说：“是也，是也，那得靠悟！悟，知道不？孙悟空的神通还不是菩提老祖的口传心授啊，光看书能学会那七十二变吗？”一席话说得大家无言，却感觉老葛的话里字字都有一种傲气。

胡老师说：“对了，葛老师，我让你请安老板，你怎么没请啊？”老葛这才像走下神坛一样，说：“哦，安老板啊，唉，一言难尽啊，正处在大难之中呢，涂副省长倒台，他的日子也不好过了，听说他那个老婆正跟他闹离婚呢，为个财产分割闹得不亦乐乎！他跟涂副省长的事还没完，这家里后院也着了火了，哪有那个心思和精力跟咱们凑热闹啊！”老葛说到后院起火，突然想到程文斌也跟他用到过这词，心里一阵子别扭，有些后悔说这句话，扭头看了一下崔老师，崔老师正用筷子在盘子边上轻轻地点来点去。老葛非常埋怨自己，真是自找晦气。

其间，柳依然发现姐夫接了好几个电话，每次看到电话都出去接。让她感到奇怪，胡老师也一脸的狐疑，说：“程老师，我请你吃饭你还这么心不在焉啊，看来是有所牵挂啊。”程文斌尴尬地笑笑，“老婆问我家里的东西放哪了，她不知道，呵呵！”老葛接了话茬，“老程，不是问你情书放哪了吧？”大家哄堂大笑。程文斌拍了老葛一巴掌，“就你老不正经！”

正说到这，门突然被撞开了，一个声音随着也进来了。“葛树青，就知道在这老不正经，还说你参加个‘三龙’讨论会，这就是你的‘三龙’讨论啊，我看你是游龙戏凤吧！”闯进来的正是老葛的老婆赵文清，她把“沙龙”当成“三龙”了。

大家一下子愣在那了，程文斌满脸的尴尬，只有他心里知道是怎么回事。

106

程文斌站起来说：“嫂子，息怒，您这是何必呢，胡老师请大家吃饭聊天的，没什么不对啊。”赵文清也不理他，怒目圆睁，看着老葛，老葛站起来就往外走，对赵文清说：“出去说，出去说!”赵文清怒气冲冲地喊道：“出去说什么，就这说，当着大家的面，我把你的丑事说出来，看你的老脸往哪放!”老葛急了，“我有什么丑事？你个没知识的婆娘，你懂什么！我们文化圈里的事，你不要插嘴!”说着就把赵文清往外推，赵文清执拗着，“我为什么要出去，我就想看看你们到底要干什么，有什么我不能知道!”程文斌劝道：“嫂子，要不你坐下来一起喝酒，在这站着总不好!”程文斌的话让赵文清好像想起来什么，冲着程文斌喊道：“老程，你整天勾着我们老葛三什么龙，你也不是什么好东西，整天召集一帮男女不干好事!”赵文清这一句话明指程文斌暗里却骂了所有的人，大家都站起来纷纷指责她太过分，程文斌气得劝也不是怒也不是，老葛一气之下，拉起赵文清头也不回地就往外走，赵文清吵吵嚷嚷地说着老葛的“丑事”，走廊里已经站了不少看热闹的人，今天居委会大妈可是让老葛的老脸碎了一地。

大家坐回原位，看到崔老师在小声嘤嘤地哭。大家正不知道怎么劝合适，程文斌的电话又响了，就听程文斌冲着电话喊道：“谁让你告诉她的？谁让你告诉她的？你故意的吧！干脆你也过来大闹一场吧，怎么你们这些女人不安好心眼啊！我算服了你了！”说完，好像很用力地把电话挂了。半天还回不过神来。柳依然知道这肯定是姐姐打来的电话，其他人更是心知肚明。

老葛太太的这个插曲本来就太突然了，看到程文斌发火，大家更是被吓到了一样，历史上还没人见过程文斌在公众场合发火呢！胡老师一脸的无奈、失望，还有些自责，只有秦老师，睁大两只眼睛四处逡巡，仿佛这个屋里还隐藏着天大的秘密。

酒是喝不下去了。

崔英老师提出先走一步，随后秦老师也不再转动大眼睛寻找秘密，也要回去了。一场本来挺好的啤酒品尝宴会就这么扫兴地结束了。柳依然左手勾着胡老师的胳膊，胡老师似乎还不想走，看到程文斌依然表情严肃，也不知道说什么。大家开始陆续往外走，这时候，帅哥老板刘明过来了，故作不知地说：“怎么了这是？这么早就走啊，还有菜呢。文艳再让大家再坐会啊，果盘还没上呢。”胡老师说：“老同学，谢谢了啊，大家吃好了，说着把一沓钱拿了出来，多少就它了，你收着！”帅哥老板用手一推，“怎么了，大美女，还瞧不起我啊，是不是想跟我绝交啊？”说着强迫胡老师把钱塞回了包里。胡老师笑了一下，也没再坚持。“那就谢谢你！”

一场送别柳依然的宴会，一场知己言欢的盛宴就这么悲剧般地结束了。

107

这几天，常一鸣在给兔子办取保候审的手续，郑一鹤是主要嫌疑人没有被批准取保候审。常一鸣告诉宋春山兔子很快就可以出来了。这期间晓燕去拘留所看过兔子，送了些衣服进去，看到兔子胡子拉碴的，人也瘦了、憔悴了，心疼得晓燕眼泪止不住地流。兔子知道常一鸣在给他办取保候审的手续，马上就能自由了，心情好了许多。晓燕还告诉兔子，他出来了一定好好的亲手给他做一顿他最爱吃的饭菜。看着晓燕焦急地等着自己出来，兔子突然觉得爱也许真的不是说出来的，那是心灵最深处的一股熔岩，只有在刻骨铭心的时刻才会迸发。

时间过得真快，兔子进去快一个星期了。这一天常一鸣打来电话说，兔子今天下午就可以出来了，郑一鹤的事他也正在努力督促他们所的那个律师来操办，让宋春山放心。宋春山知道事情有了进展，心情也就放松了些。还没到下午三点，就接到了兔子的电话："哥，我出来了，晓燕和一鸣哥接我呢，你放心吧！"宋春山叮嘱他回去吃点饭，做一下个人卫生。等安顿好了，给他再来个电话，他有话跟兔子说，兔子答应着，挂了电话。

快到吃晚饭的时候，兔子果然打来了电话，"哥，我酒足饭饱了，其实没什么事，那两个家伙把屎盆子都扣我们头上了，常律师果真厉害，要不我还出不来呢！"宋春山说："嗯，现在关键是你们得一个月左右才能宣判，这期间你还得配合常律师他们巩固证据，最好的打算是你们都别判实刑，但是我听常一鸣说你问题不大，一鹤很危险，有可能要判一年半载的，他们也正努力呢！我是在想呢，你出来是出来了，下一步怎么走，还得想想啊，一鹤要是被判刑了，以我对你的认识你不太适合干这个行业。”兔子说：“哥，我在大牢里这些天没想别的，我一直在想我以后的事呢！只有失去了自由才知道自由珍贵，做自己想做的，做自己愿意做的，那就是我以后的想法。我都想好了，我曾经骑行到过丽江，丽江古城，那个离玉龙雪山八公里远的地方，有一个曾经我特别喜欢的院子，我曾经想，要是我能把它改造成一个客栈，后半辈子就和爱我的人和我爱的人以客栈为生，生死与共，直到白头，那该多好，那会儿只当是个梦，但是经历了这个劫难，我觉得那不是梦了，我想把这个梦变成现实！哥，晓燕，她同意和我一起去。”宋春山笑了，说：“兔子，你们俩好了啊？刚出来你就有野心了啊？”兔子说：“哥，那不是野心，是真心，真的，我不是开玩笑。现实和失去自由的日子让我想忘了这里了。”宋春山想，兔子也许是在大牢里真的有了心灵的涅槃，人总是要有自己的追求，尤其是经历了苦难和挫折，他能理解兔子。

市场的发展很不错，但是很多规章制度需要迅速建立起来，宋春山几乎每天都很晚才能睡觉，很多事情需要他亲自拍板才能进行。但是他忙并快乐着。只有夜里，当他躺在床上的时候，柳依然就会出现在他的脑海里，有时候还会出现在他的梦里，半年了，他们仿佛离得越来越远，可是，他觉得他的心离她却越来越近，他似乎能感知到依然在慢慢向他靠近。

108

程文斌打开门，看到柳慧在看电视，理都不理她，他径直走到自己的书房，把门使劲地碰上。坐在电脑桌前，他一肚子怨气和痛恨，恨不得把所有的丑恶的词都用在柳慧和赵文清身上，这两个无耻的婆娘，鼠肚鸡肠，狼狈为奸。好好的一场聚会让这两个笨娘们儿搞得不欢而散。他在书房里运气，柳慧也看着电视运气。她在想赵文清说的话："老程和老葛搞什么沙龙，无非就是跟老婆待腻了，出去找个红颜，觅个知己，借机寻找一下被崇拜的感觉。咱们在家像个老妈子一样伺候得他们脑满肠肥的，他们在外面却招蜂惹蝶的，我们亏不亏。不给他们点厉害，他们不知道马王爷三只眼。只有把他们吓住了，才不会有以后，吓不住那就没咱们的好日子过了。"居委会主任的学历虽然不高，但是研究人应该还是有一套的，博士毕业的柳慧，对居委会这套对付老公的威吓理论颇是赞同。也是啊，哪次程文斌搞什么聚会，搞什么沙龙没有胡老师啊，现在倒好，以自己妹妹做挡箭牌更是肆无忌惮了。这还不算，还不断地培养新生力量，至今她也没弄清楚给老程邮箱和博客发照片的女人是谁。她内心有一种危机感，而这种危机感不是来自于自己的不自信，而是社会对家庭角色的发展定位。不知道为什么赵文清不敢问老葛在哪吃饭，非得让她问老程，赶上赵文清这个笨女人还不识路，问了一遍又一遍，她才不得不一次次地给程文斌打电话。没想到，程文斌还敢跟自己发脾气、尥蹶子，反了他了。她觉得该找老程算算账，想把自己关到书房里就不了了之了吗？妄想！

她径直走进书房，看到程文斌呆呆地对着没有开机的电脑显示屏运气。她还没说话，就听程文斌说："请你给我出去，出去！"柳慧顿时火冒三丈。"程文斌你还蹬鼻子上脸啊，刚才电话里吼了我我没理你，你来劲了不是？一个大学教师不想着好好教学，整天琢磨着借搞什么破沙龙的名义跟红颜知己约会，你还有脸了你？你别当我是傻子，我看赵文清说得对，你们就是看老婆看腻了，想找回被崇拜的感觉进而眉目传情，暗送秋波！恶心，卑鄙！"说得程文斌"腾"的站起来，"你，你，还博士呢，你看你现在是什么德行……我们这里头包括老葛和崔老师，都是清清白白的，只有你们这些老娘们儿才是小人之心，怨不得孔子说'唯女子与小人难养也'，老夫子说得没错，女人就是小人！"一气之下，他忘记了自己母亲也是女人，喜爱他的胡老师也是女人。柳慧说："好，好，我是小人对吧，你滚出去让你心目中的美人去伺候你做饭，伺候你吃喝拉撒睡行了吧？你给我滚出去，净身出户，爱干吗干吗，别回我们家！"说着，推着程文斌就往外走，程文斌一边走一边说："好，好，不用你推，我出去，我出去，你可别后悔啊！"说着换了皮鞋，真的下楼而去了。

此时在自己屋里做作业的恰恰，听到爸爸妈妈的吵架声后跑了出来，正看到妈妈推着爸爸往外走，就问："爸爸下楼干吗去了？"柳慧气哼哼地说："管他呢，爱上哪上哪，你写你的作业去！"恰恰看到妈妈这么生气，乖乖地回去了。

程文斌走在小区里的甬路上，心里一阵阵的气愤，继而又感觉到难过。今天也许是自己最倒霉的一天了，望着月亮在树枝间的空隙里穿行，他内心却空落落地难受，仿佛自己的心变成了月亮，离自己越来越遥远。他感觉自己像一个没有灵魂的人，漫无目的地在小区里走了一圈又一圈。

他的电话响了，他觉得可能是柳慧请他回去呢，或许是她良心发现了吧，可拿出来一看不是，是老葛的。“老程，睡了吗?”程文斌苦笑了一声：“我连睡的地方都没有了，被赶出来了，柳慧刚跟我闹了一顿，唉!”没想到老葛却说：“怎么，你也被赶出来了？看来，世上最悲催的人绝不孤独，我在你们家小区门口溜达呢，快过来见朕吧。”

109

程文斌见到老葛，发现老葛一点不愉快的感觉都没有。“老葛，你也是被赶出来了吗？怎么还如此平静?”老葛笑了。“老程，咱们胜利了!”程文斌越发疑问，老葛说：“电视剧《潜伏》里有句台词叫做‘有一种胜利，叫做撤退，有一种失败，叫做占领’。别看她们把咱们赶出来了，实际上是咱们胜利了。”程文斌摇摇头。“老葛，你用的是阿Q精神胜利法吧?”老葛一笑，“老程，咱们打个赌，今晚咱们谁也别接手机，看这两个婆娘出来找咱们不？我坚信会，你呢?”程文斌想了想说：“不会吧!”“好，那一言为定，谁输了谁请顺风肥牛啊。”老葛从旁边的夜店里拎了两瓶啤酒、一包花生豆。俩人找了有灯光的马路牙子坐下，坐着边吃边聊。老葛海阔天空地神侃，程文斌时不时地接个下句。

不知不觉中，已经是夜里十二点多了。

老葛的电话响起来了，他看了看手机，又看了看看程文斌，随手把电话挂了，继续若无其事地神侃。

一会儿，程文斌的手机也响了，手机显示是柳慧打过来的，老葛瞪着眼睛看着他，程文斌只好也把手机挂了。

老葛说："等会儿，你就会发现两个女人相跟着一起来投降了，那时候你就知道什么叫'有一种失败叫占领'了。"程文斌摇摇头，继续喝酒聊天。

时间快到一点了，这期间，他们两个的手机响了好几次，老葛示意都不要接。不长时间，他们果然就看到远处的马路上有两个女人勾着手拿着个手电筒着急地四下逡巡，老葛说："看，她们来了吧，知道吧，这就是亲情，她们舍不得咱们，老夫妻的爱就是这么有韧性。行了，适可而止吧，顺风肥牛啊！"程文斌问老葛："你怎么确定她俩会出来找咱们？""你的婆娘我不了解，我的婆娘我清楚，她见我不回去，肯定会给你家柳慧打电话，因为她知道我要是串门也就是去你家。柳慧肯定告诉她我不在你家，她就会再打电话给我，我不接，她就会再给柳慧打电话，柳慧就会给你打电话，你不接，她们俩就会着急的。我那个婆娘肯定会拉着你的婆娘出来的。看！是吧。"程文斌佩服老葛对他老婆的了解，可是看到往这边走着的柳慧着急的样子，他刚才的愤怒一点都没了。

赵文清和柳慧发现了坐在马路牙子上的老葛他们，快步走过来。"你们想死到外头啊，急死我俩了！"

恩爱依旧，两对中年夫妻相跟着消失在茫茫夜色里。

110

常一鸣在兔子的配合下搜集了大量证据，加上是公司法人行贿，行贿的金额本身也不大，走了简易程序后，对阳光水岸有限公司法人行贿案的判决就下来了，图子云免予刑事处罚，郑一鹤被判一缓二。这正是他们所期望的，常一鸣和郑一鹤的律师老方征询他们上不上诉，他俩都决定不上诉了。公安局、法院、拘留所，他们一辈子也不想再跟他们有什么瓜葛了，那不是人待的地方，除了肉体的折磨外，内心的煎熬也是让人刻骨难忘的。他们从内心感谢常一鸣和老方的鼎力帮助，走出拘留所那天，郑一鹤和兔子决定好好请常一鸣和老方吃顿饭，也算是给自己的新生做个庆祝。

吃饭的时候，郑一鹤和兔子以及晓燕一个劲儿地感谢，常一鸣说："就是普通人他也会这么做的，更别说我和宋春山还是大学同学了！"能在一个月的时间内就把这事了结，他和老方也还算满意。郑一鹤说："老常，你和老方为我们的事真是操碎心了，当然这跟你们的水平也是分不开的。我和兔子有个想法就是想聘你们二位做我们公司的法律顾问，你们二位意下如何啊？"常一鸣说："谢谢你们对我们的信任！聘我们俩做公司顾问就没必要了，一个就足够了，就让老方做法律顾问吧，所里的好多事还需要我管理，恐怕没那么多精力。"老方听自己的领导这么说，也就答应了郑一鹤的要求。

酒足饭饱，郑一鹤和兔子送走了常一鸣他们。

郑一鹤、兔子和晓燕没有马上回去，他们想在外面溜达溜达，晓燕建议去郊外的囫囵河边转转，听说那里刚开发成了沿河公园。晓燕没有喝酒，开着车带着他们俩。郑一鹤他们俩路上唏嘘不已，感叹世事的无奈和失望。到了囫囵河岸边，他们下了车。兔子看外面的月光出奇的亮，突然想到一个月前的今天，就跟郑一鹤说："一鹤，你看，从咱们进去到出来，刚好一个月，我记得进去的那天晚上从拘留所的窗户里看到的也是满月，你知道吗，那时候我都快心痛死了，觉得人生太无常了。真没想到一个月后的今天咱俩还能自由地漫步囫囵河岸，人生无常，人生无常啊。"郑一鹤也有同样的感触。停了一会儿，兔子说："一鹤，我有个想法，在拘留所里就想好了，我不想干这个装修了，我想去我曾经向往的地方去做一件我一直向往的事。"郑一鹤吃惊地看着兔子说道："什么事？"兔子说："我想去云南玉龙雪山脚下的丽江古城开一个客栈。""开客栈？你疯了吧？""一鹤，你听我说，那是一个风景秀丽的古城，在那里，曾经发生过一个故事，至今让我难忘，一直惦记着那个故事里的人。"晓燕插嘴道："是个美女吧？"兔子白了她一眼，继续说："听完这个故事，也许你们也就会理解我的想法。那一天我骑行到云南丽江，玉龙雪山脚下，优美的风景让我流连忘返，不知不觉天下起了雨，而且越下越大，路被冲断了，车子还漏气了，我被淋得全身湿透，很晚很晚了才赶到一个小村子里，看到一户小院的人家还亮着灯，我走进去。小院的主人是一位老者，白发苍苍，无儿无女。看到我全身淋湿成这样，什么也没说，热情邀请我进屋，赶紧做了碗热汤给我，可是，第二天早晨，我发现我还是病了，而且有些水土不服，上吐下泻，烧得很厉害。我请求老人帮我找个医生，老人翻翻我的眼皮，看了看我的舌头，什么也没说就出去了，过了一个多小时才回来，我都快烧糊涂了。只感觉那个老人在屋里鼓捣着什么，一会儿端了一碗热汤给我喝。喝完第二天我就感觉好了一点了，就这样老人细心地照顾了我一个星期左右。我身体痊愈了。我问老人给我吃的是什么药，老人说是他在山上采的药，他年轻的时候就是以采药为生的。我要重谢老人，老人坚决不受，说治病救人、扶危济困是他多年愿望，老人的侠骨柔情让我非常感动，知道他无儿无女，我就说，你我萍水相逢，你要不嫌弃我拜你为义父吧。说着，我就给老人磕头，从此我在古城丽江就多了一个长辈。回来的时候，我悄悄留下了两千块钱。我时不时地给老人打个电话寄点钱过去，他身体如今越来越不行了。老人说很多人想租了他的院子建成宾馆，老人不信任他们，他问我愿不愿意回去，如果愿意，他愿意让我去经营那个小院。丽江古城，那是我一辈子忘不了的地方，我想那个小院应该是旅人歇脚的客栈，像古时候给行脚者一个方便一样的客栈，保持着原来乡土的风貌，让老人那种懿德以及那种乡土自然的气息感染着每个来此的旅人。”郑一鹤和晓燕听他说得入了迷，就如同听天方夜谭一样。晓燕只是听兔子说想去云南开个客栈，没想到还有这样的故事。兔子说：“我一直惦记着我的义父，惦记着那个像世外桃源般的丽江古城的小院，当我在大牢的时候，我更加思念那个地方，羡慕那个老人，有谁能像他一样平淡地生活一辈子那才是幸福呢!”

他又说："经过这次劫难以后，我下了决心，决定去丽江，找我的义父，开一片客栈，过一段鸡犬相闻的日子。"郑一鹤听完，没有说话，好长时间才说："兔子，你想好了吗？如果真的想好了，我不拦着你，你的股份还在这里，我把咱们的分红中我的一半也给你，算是我对你的赞助。"兔子感激地看了看一鹤，说："不用了，加上我的储蓄和分红我有六七十万了。""那哪够啊，正好，加上我赞助的凑一百万，等我在这边混不下去了，我还要找你去呢！"兔子从内心里觉得一鹤真是仗义，不是一般的仗义。晓燕在旁边说："我还有二十万呢，我投资入股。"

随后，兔子用了一周时间和郑一鹤一起整顿一下公司业务，看差不多了，兔子与郑一鹤道别，踏上了飞往云南丽江的飞机，晓燕说什么也要跟着去，兔子说他安顿好了会接她去的，晓燕这才作罢。

人生无处不是开始，可是，又有几个人能像兔子这样随性地开始一段新的生活呢？

111

巴黎的夜晚流光溢彩，何况今天是圣诞节呢。

柳依然和文智公司的副总们已经在巴黎考察了一个星期了，各项计划进行得很顺利，文智对柳依然的人力资源规划很是满意。晚上，参加完合作方举行的圣诞晚餐，柳依然想在住处附近转转，文智要陪着，柳依然笑着说："文总，还是我一个人吧，我想一个人在巴黎的街头感受一下异国的节日气氛，那需要静心品味的。”文智也就不再坚持。

柳依然他们下榻的酒店坐落在巴黎市中心的位置，距离塞纳河和埃菲尔铁塔仅有 15 分钟步行路程，晚上的巴黎，人群熙熙攘攘的，塞纳河畔灯光绚烂，一对对的情侣从她身边走过，她觉得法国人真是浪漫，她看到一对六十多岁的夫妇手挽着手，时而相互亲吻对方，爱情之火好像就从没因为时间的久远而熄灭。

她突然想到了宋春山，不自主地掏出手机，手机上果然有一条未读的短信：依然，我现在在英国的伦敦，刚开完会，不知道你在做什么？我真的好想你，异国他乡，让我无比怀念你我在一起的日子，我们和好吧，好吗？我不知道你还需要我证明什么？这无时无刻的思念不就是最好的证明吗？柳依然一下子被宋春山的这条短信感动了，是啊，无时无刻的思念，她不也是这样吗，她此时此刻不也在想念宋春山吗？她止不住流下眼泪，手指不自主地按下了回复键，这是他离开宋春山后第一次给他回短信：春山，我现在在法国巴黎，要是时间允许的话，让埃菲尔铁塔和塞纳河的灯光做个见证吧，你说呢？手机上短信像张开翅膀的天使一样飞了出去。很快她就收到了宋春山的回复：依然，等我！柳依然长长地出了一口气，她看到周围的人那么兴奋和幸福，情侣们的微笑让她感觉那么甜蜜。

12 月 27 号下午，她刚刚回到宾馆，就听到敲门声，打开门，一束巴黎的红玫瑰挡在了一个人的面前。“宋春山！”柳依然惊得叫了起来。宋春山把玫瑰移开，一把抱住了柳依然，柳依然依偎在宋春山的怀里，此时，她觉得那么幸福。“巴黎的埃菲尔铁塔和塞纳河的灯光会见证的!”宋春山说。柳依然激动得哭了，那是幸福的泪水。

当巴黎华灯初上的时候，他俩徜徉在塞纳河边，望着不远处的埃菲尔铁塔，柳依然说：“你能保证从来都是在爱我一个人吗?”宋春山说：“我说的每一句话都可以让塞纳河的灯光作证，我从来不曾爱过别人。如果我说谎我愿意死在异国他乡。”柳依然用手捂住他的嘴。“讨厌！不许说这样的话!”她接着说，“春山，你知道吗，我们分别的这些天里，我有个最大的收获你知道是什么吗?”宋春山想了想，摇摇头，柳依然说：“我知道我该怎么爱你了，我也知道我怎么会让你更爱我了。”宋春山笑了，柳依然说：“我必须是你近旁的一株木棉，作为树的形象和你站在一起。”“嗯，我也喜欢舒婷的这首诗。”宋春山说着，接着吟道，

我们分担寒潮、风雷、霹雳；
我们共享雾霭、流岚、虹霓，
仿佛永远分离，
却又终身相依，
这才是伟大的爱情，
坚贞就在这里：
爱——
不仅爱你伟岸的身躯，
也爱你坚持的位置，
足下的土地。

柳依然和宋春山紧紧地拥抱在一起，柳依然仰起头，拥吻，

像初恋那么甜蜜。

对于柳依然和宋春山来说，今夜的巴黎将会更加浪漫！

112

第二天，宋春山还要赶回去开会，经过英吉利海峡海底隧道就穿越了两个国家，他没有想到自己与柳依然的和好竟然如此浪漫，这一夜让他永远难忘。

兔子给他发来短信：哥，丽江的客栈马上就装修好了，特别古朴自然，你一定会喜欢，晓燕异想天开地说要在那天搞个订婚仪式，邀请你和嫂子做主持，一定参加哦！时间定在 2 月 14 日，你们一定得来，一定!!! 宋春山笑了。

柳依然也收到了同样的短信。

回到国内后，柳依然先到北京总部汇报总结，安排好各种事宜之后就直飞上海，她和宋春山约好，一起从上海乘飞机直飞丽江。

兔子把他们俩从丽江机场接到客栈的时候，晓燕打扮得跟个新娘子一样在门口等着他们。

下了车，宋春山一眼看到客栈的名字——燕子回时，呵呵，真是一个自然而又浪漫的名字。这定是兔子的创意，他总是让女孩有个惊喜。

“老人呢?”宋春山问，兔子已经跟他讲过无数次那个故事了。

兔子说，老人非得要去附近的一个养老院，那里有他好几个老伙伴，他经常去看看他，老人家也经常过来。

开业仪式和晓燕她们订婚的仪式搞得简洁质朴，柳依然说："晓燕，我可只参加你一次订婚啊，你们可不能再闹腾了。"晓燕说："姐，我不是跟你学啊，也得考验考验兔子啊。""跟我学什么啊?""跟你学的是……嗯，'曾经沧海难为水，除却巫山不是云'。"柳依然笑着说："你还会拽文了啊，不简单了啊!"

晚上，吃饭，是山野饭，当地的老厨师做得非常地道，柳依然吃得很香，柳依然吃到一半，却突然感到一阵恶心，胃里难受得要吐。

她赶紧走到洗手间，却只吐了好多酸水。晓燕也跟着进去。"依然姐，你怎么了？不舒服啊?"

柳依然一阵阵恶心，朝晓燕摆摆手，晓燕轻轻拍着柳依然的后背。

稍微好了一点，柳依然直起身。

晓燕好像是想起来什么一样："姐，你不会是怀孕了吧?"

柳依然脸一下子红了，娇嗔道："晓燕，瞎说什么!"

柳依然下意识地看了看镜子里的自己，她心里明白，晓燕说的很可能是真的！例假已经好久没来了。她内心一阵激动，下意识地摸了摸肚子，感觉像妈妈爱抚自己的那个小宝宝。

走出洗手间的时候，她看到宋春山正跟兔子海阔天空地神侃。

"这个家伙，他要做爸爸了，都不知道。"她心里一阵幸福。